歌集

雪蔵（HIMALAYA）より

やまたいち

短歌研究社

装丁　井之上聖子
日本図書設計家協会会員

目次

雪蔵より・I

雪蔵より・II

バングラデッシュ行

シッキムからアッサムへ

〈エピローグ〉印度幻想曲

歌集　雪蔵より

雪蔵より・I

雪蔵より・Ⅰ

二〇〇〇年四月十三日―五月二十一日

一　ラヴィ川を遡上する

1

古都チャンバ

馥郁と香を放ちくる古木ありてバスあえぎつつ山道をゆく

体温をこえる四月の風となり砂嵐舞うラジャスタン逃れ

少しずつ砂漠の熱をぬぎすててチャンバ王朝の古都に入りたり

新緑に湧きたつあたり辛夷（こぶし）咲き　紅（くれない）はロードデンドロンの花

†

路地なかに由の知られぬ像立ちて童女は面（おも）に冠をつけ

木造の古き家並みに狭い辻羽根ある獣が石柱を守る

シヴァ神にヴィシュヌ神祀る石塔の笠を被って立ちたる姿

太古より蜜とミルクの谷なりき神神の来て遊ぶ春には

†

ポロ球場めぐる屋台の店がたち踊りを誘う山歌が鳴り

ラヴィ川に獲る身の細き魚なりフライに揚げて売りておる店

モモと呼ぶ餃子、ウイスキーという地酒、ともに買いきてホテルに入りたり

2 谷間の村ブラモール

ラヴィ川を谷そい東へ遡(さかのぼ)るコースときめて朝一番に乗る

チャンバから谷奥へ向かう路線バスやがて鋭いV字谷に入り

尾根の間をひらいてつくりし谷あいの神社をまもる部落に着きぬ

リンゴ畑(はた)いまをさかりの香にみちてこの地はおそい春の到来

†

山の肩へヒマラヤ家屋をめざしつつ東の尾根にとりついてゆく

庭を借り岩間ながれる水を掌(て)に掬って飲めばほのかな甘味

ひとつ家の族（うから）十五人飾りある戸を背に立ちてつどいくれたり

彫り深き面の長老木綿（ゆう）のターバン、一二六翁と告げられり

思うべし、吾の人生ただ今の六三年をひき返すとは

†

わずかなる段だん畑を背に見せてシヴァ神祀る赤い旗立つ

せまき口腰ひくくしてくぐりゆき三叉の鉾に手を合わせたり

木造の平屋づくりを石で葺く神殿左にあゆみて一巡

雪残る坂を丸太に縄かけて二人の童児が曳く遊びあり

夕食のビール飲みつつ谷奥へ導くガイドをさがしあてたり

3　ハドサール沢入り

布靴につづれとなりし衣つけ壺を頭上に微笑して去(ゆ)く女(ひと)

朝道を碑の建つ石積みすぎゆけば蝮の軟体よこたわりたる

雪渓はすでに消えゆきがれ場となる谷を上から見おろしたりき

この先は沢づたいゆく道のみと告げられ今日のシヴァ寺へ詣でる

機(はた)を織る窓の灯りに山の蛾が影をつくってめぐりおるなり

夜の更けにあかり灯して紡錘(つむ)廻す老人は頭(ず)に白い布を巻き

†

朝の水つめたく澄んで渓流は川底の石泛(うか)べて見せる

満面の枝に盛りたる純白を流れに浸す山法師の花

うぐいすの鳴くこえを聴く沢登りしばし息をばととのえたりき

数条の滝たかきより噴き落つる沢をはなれて山腹に出で

採水のゴム管ながく蛇行して狭い岩場をガイドのあとにつく

岩の間を家(や)とする夫婦に声をかけ茶(チャイ)一服を振舞われたり

石削(はつ)る夫(つま)目を拡げ石入ると告げれば乳を出だし差す妻

4　谷奥の村ククティ

峰の雪とけはじめる日里人の呼びあう唄にシヴァは山を降り

谷人も山羊・羊らと連れだちて草をもとめる放浪に出でき

峠道、標高四千の雪解けにヒマラヤ商人荷を負いてむかう

岩宿り水涸れし夏の峠越え山ゆく難をガイド語りき

赤熊と黒熊が棒もちあいて縄張り争うを見きとも告げり

岩の照る陽なかをのぼり幾条かシヴァの旗挿す峠（たむけ）に着きぬ

眼の下に細りたる水追いつめて雪のはざまに消えゆくを見き

†

空き瓶に油を注いで綿をつめ灯（ひとも）したるときランプとなれり

ナン二枚玄米若干の主食には卵焼きと煮豆（ダール）そえたる夕餉

ラヴィ谷の最奥の村に宿りしてガイド背負い来しビールわれにあり

集落の境なるべし背の高き三本檜に月はやどれる

二　ヒマラヤをめざす

1　ダルージーの丘

バスを降り石楠花（ロードデンドロン）公園にひとかかえある大木なりき

通りくる紳士が声をかけて過ぐ、「彼はスバシです」と銅像を指し

颯爽と立ちたるインド独立の志士スバシ・チャンドラ・ボースを見返りぬ

独立の指導者ボース若き日の病を此処に養いたりき

大戦を運命ともにせしインド国民軍われらの忘れつつあり

遊歩路の一方「大いなる魂(マハトマ)（ガンジー）」像ありて他方に「指導者(ネタージ)（ボース）」像をおく丘なりき

英国王、インド植民すすめし過去チャンバ王より此地買取りき

ダルージー卿此の地にパンジャブ総督府置きしは十九世紀半(なかば)

†

紫に暮れゆく谷の彼方にはヒマラヤ連山あかねに浮きて

蒸し餃子をビニール袋に入れさせて人なき道ゆき猿に奪(と)らるる

またもどるチベット難民集落の店、猿にとられきと告げて笑われ

ダライ・ラマのインドへ向かうに従いて多くチベット人この地にのがれき

2 仏教の市ダラムシャーラ

深夜バス昼近く着き仏教の色濃き町に雨あがりたり

日本食の店「風の馬」宿近く久しぶりなるうどんを食いき

谷道を下りてゆけば岩に彫るチベット文字の「オムマニペムへ」あり

†

中共に逐われ逃れしダライ・ラマ救いたるはインド新政府なりき

仏陀本来をヴィシュヌ神権化の九代クリシュナの弟とする

黄金の釈迦牟尼像を座さしめて法王この地に仏院を置き

学校に児童ら描きし絵のありて多くチベットの苦境ものがたる

紅旗をば擬したる中国大陸に鎖されたるパンダ一条の涙

中国の支配をのがれインドの地に散りて住む人十三万

3

避暑地シムラー

山道の深夜特急霧を抜け朝の下町に終着となる

上の町へ宿をもとめて登りゆくポーターの背に荷物負わせて

宿帳に名を書き部屋を与えられビール一本で痩せたベッドに入り

†

徒歩ならば三時間ほどと告げられしが午後になっても着かざりしかな

難民村に仏寺(ゴンパ)ありとて来てみしが空しくもどる夕道遠し

道に売る煎りトウモロコシの堅きこと歯こぼれしかと怪しむばかり

路地入りて豚を食わせる店のありカレーで煮付け美味(うま)かりしこと

未熟なるマンゴー塩漬けアチャールの酸味つよくて梅干を思い

荷を担う労役多き山里にネパール族チベット族の生計(たつき)あり

†

遊歩路のサンセット・ポイントに立ち止まり太陽が燃えて落ちゆくを見る

星の散る暗夜となりて教会はライト・アップに姿あらわし

青と黄の色に染まって降るごとく昇るごときは万の夜の蝶（パピヨン・ド・ニュイ）

下方からてらしあげたる照明に乱れて生きる山の蛾の舞い

朝の路（みち）層あつくして灰色の蛾は道傍に掃き寄せられり

†

ヒルタウン、半月形の丘の町かつて英人のサナトリウムなり

この先は雪を蔵せる山なみと底なし谷を穿ちたる界

三　ヒマラヤに入る

1　キノール谷の古都サラハン

木の柱　木片の壁　木の扉　板屋根の小屋に木材を寄せ

鑿を手に槌を振るって彫りおるはヒマラヤの匠（たくみ）　欄間の飾り

鮮やかな緑色の布ひたいに折るキノール帽をかぶりし老人

切妻を重ねて木組の天守閣、目近に寺の威容を見上ぐ

金の扉銀の扉を配したる過ぎにしサラハン境内に残り

ありし日の栄華サラハン王国は緑しずかな一村となる

キノールの谷深く削り下りゆくサトレジ河は宝珠を秘せり

†

陽のさかり花のアカシア道にゆれ鶯の声は藪のなかなり

送葬はヒンズー教にてあるらしがオムマニペムへを唱うる人あり

「おお宝珠は蓮の花なる内にあり（オーム・マニ・パドム・フム）」、即ち仏の教えを伝う

板壁を青く塗りあげ翳（かげ）りたる窓辺に二人おみな話しおり

†

重なれる峰に夕暮れせまりきて残照尾根の疎林にあたる

木の枠を組みて飾りし窓のある路地の細きはすでに小暗く

山かげに小さき家の灯ともるを宿の卓より眺めおりにき

谷水に自生しおりしクレソンの新しき緑摘みたるを食う

2

バスパ谷をゆく

［サングラ村］

谷側にガードレールなき高みよりバスパの川瀬おちゆくを見き

荒き神太古より棲みて魁偉なるキノール・カイラス眼前に立ち

独峰が寄りて険しき山塊の標高六五〇〇をゆく人は希(まれ)
神神にひきよせられて征(ゆ)く者に氷河、クレバス、零下一五度の風
果樹園の盆地をすぎて村に入る新道の宿てごろとみたり

†

坂をくだり白木門立つ朝かげに「蛇の神社」は新装なりき
蛇(ナーガ)すなわち水の神にて火を治む、新社の門は竜(ドラゴン)彫られき
旧殿の保たるる廃社を尋ぬれば一対の蛇彫られて遺り
谷あいの村の食堂白壁に四爪の竜えがかれており

†

照る陽には頰被りして籠を負うサングラ村の美女とゆくなり

バスパ川のぼりて鱒の養魚場、一匹六〇〇グラム四〇〇円ばかりの出費

宿に来て勘平に裂きハーブをつめフライパンで焼き食いて了(しま)えり

［カムルー村］

わずかなる平地というは畑なり懸崖に寄り人は住みたる

石組の基礎を置いたる家家に白布の幟朝(あした)はためく

石段をのぼって木彫りの扉ありかつて砦の広き庭のこし

三頭の馬をたてたる武者姿曙光にむかう神像を見き

人気なく狭き小道の一角に仏寺のありて野菜供えらる

三眼の青き裸身は忿怒神炎を負いて燃えさかりおり

カムルーの怒れる鬼神に西域の孫悟空添いたる故由（ゆえよし）を知らず

†

風たちて雨のきざしに山を下る雲行にわかに急となる夕

笠なくて林檎畑を横切（よぎ）るとき大粒の雨はげしく落ち来

すり鉢状山ふところの稲妻は瞬時紫紅（しこう）に変じてただよい

暗黒の間より地鳴りの発せられ雷（らい）いく重にも共鳴しあう

果樹園を出でて歩道を急がんと駆ければ雷神あと追い来なり

宿の戸をからくも開ける瞬間のガラガラビシャーッと街灯に落つ

［チトクル村］

アメリカ人、フランス人、スイス人、若者ら三人とひとつ宿に入り

春の雨ふりやまずなる暮れ方は地酒（ラキ）を買いきて部屋に集いき

雑談に酔いすすむ中、仏教とは如何なるもの、と問われたりにき

一言に語るはむずかしと問答のうち学生デヴィド ephemeral を言いぬ

†

雨風の荒れし谷間に群れてある水車小屋の屋根破れおるなり

常緑の木のすくなくて大かたは葉を落したる裸木(らぼく)なりにき

神社ありて扉の端(はな)に彫られたるコブラならんか大き頭(ず)をもち

†

谷奥の村に伝わる春祭り黒い覆いの輿が出てゆき

数人のラッパ太鼓に煤払い鉾を立てたる行列となる

上社より下社に渡る男神(おの)の一夜の宿りに豊饒は託され

道行を送る村人掌(て)をむすび山羊の乳をば授けられおり

女(め)神棲む下社に入れば生贄のいずこともなく曳かれて来たる

太刀を持つ人現るを知らぬげに山羊啼きもせず道草さがし

村人に連なりわれら相食（あいなめ）の肉わかちあう手に与えられ

†

樹も生えぬ岩山の峡へ行く道に低き門立ち守護神画かる

この先は印中国境無住の地ふみゆきし跡遥かへ消ゆる

衿元を合わすがごとく重なりて白い峰峰雲に解けゆき

四　キノール谷を遡る

1　レコン・ペオ市（「トランスヒマラヤ」方面の入境管理署がある）

岩けずり谷つたいゆく一車線まがりくねるをバスたどりゆく

対向車におそるおそるのバックなり眼下数百メートルを河は流れる

岩はしる雪どけ水の噴きくるを車体に浴びつつ高度下げゆき

対岸はレコン・ペオの町ならん山かげに塔みえかくれする

†

道ひろく食堂八百屋雑貨店、 ひらけたる町は奥谷への基地

キノール帽かぶりたる人らバス停の石のベンチによりて立ちおり

いかなれる高僧なりしか黄金像白衣をつけて屋根の間に出ず

塔の屋根に金色の如意輪かかげたる装いゆたかな寺もあるなり

山寺に白く塗りたる仏塔は法輪えがきて小旗めぐらせ

信徒らの多く入り来る山門に柱時計が時をしらせる

2 ナコ村の池と古寺

岩の間を耕し段だん畑とする村落にむかいジープ乗りゆく

山道の長きを車にのぼり来てひとり歩めるデヴィドをひろい

小峠に農夫こしおろし休みたり風なき空にアンズ花咲き

雪解けし水を集める池ならん白き水面に柳かげあり

†

尋ね来し堂に扉の鍵を開け導きくれたる僧若かりし

薄明りの壁破れたる一室に幾体か仏(ほとけ)座したる姿

赤い肌青い肌(はだえ)の仏像は面長にして目を見ひらけり

描かれて壁に真白き立ち姿乳房あらわな女人仏陀か

峰の間にのこれる仏・諸尊らの幾山河(やまかわ)を越えて来たりし

†

岩道の矢倉おきたる天井に忿怒の尊は古色を遺す

妖怪か人をか入るを阻まんと結界したる跡ののこりて

3

サトレジ河スピティ河の合流

徐行して落石ありし道ゆけばいまだ近きに砂煙たち

砂と石堆積したる斜面に出でここ一番の悪路と告げらる

軟弱な道数メートルずれさがり五台落ちきと歩かせられき

†

水涸れし川跡たどる山路ゆき岩をひらいたる寺に着きたり

ダライ・ラマかつて法要おこないし古刹の庵に茶を振舞われ

寺の名を「カムツァン・トゥブテン・オセル・ラブギュエ・リング」とのみ聴く

†

西方より流れ来る水現れてスピティ谷へとみちびかれゆき

スピティの河そい谷の間にのこる密教伝えし古道に入れり

サトレジ河チベットへむかい消えてゆく彼方にトランスヒマラヤ山脈

五　スピティ谷を行く

1

タボ僧院（千年経たる古寺）

ヒマラヤの五月快晴つづきなり空に雲なく峰は雪積み

山あいの窪地にひらく畑（はた）ほそく浅い緑がはつかに萌ゆる

畑のとなり台地を囲う僧院のぶあつい壁が聖域を守る

土壁は楊柳（やなぎ）の小枝つかねたる芯を埋（うず）めて突き固められ

泥を塗り乾(ほ)したる小屋の屋根と壁呪文のごとき文様のあり

裏手には風雪に身をまかせたる土の仏塔崩れるいくつか

†

多彩なる布を身につけ一群の塑像が座してしずまりおりぬ

白い顔(おも)赤い 顔(おもて) に思惟のあり黒い顔青い顔には忿(いか)りの相が

土により生れたりにし女尊像火影に見えて貌(かお)愛らしきまで

緩やかな時の流れにもの思う面はかすかな笑みさえ秘めて

†

三面の大日像座す堂あれば立ちたる二体の菩薩が護る

曼荼羅図に向かう弥勒は背高くて天井絵までとどきたるなり

描かれし壁に残りて傷みあり観音の御影斜に裂けたりき

白き身に胸乳もちたる御姿の摩訶菩薩(マハ・ボディサットバ)としるされており

彰(あきら)かな女性(にょしょう)かたちにあらわれて地母神なるか仏道に見る

2 ダンカル寺院

村人に緊急あれば集いきて守る山城をダンカルと呼びき

切り立ちて岩に層なす寺院のこり今は平和な南の斜面

壁画には菩薩高僧えがかれて鮮やかな色おとろえのなし

†

峰峰は雪に覆われ地は凝る恵みすくなきに人は住むなり

土地なくばトランスヒマラヤ商人となりゆく男子少なくはなし

偶(たま)さかに帰れば共有の妻が待つはるか過去より多夫制(ポリアンドリー)なりき

3

キベル村

角鋭くながき黒毛の犛牛(ヤク)飼われ無心に干し草食みておるなり

郵便局緑色に塗りて空地ではバレーボールに興じる男女

ユーラシアに人の住みおる最高地ここ海抜の四千メートル

茶に招かれ民家の二階昇るとき息けわしくて立ちどまりたり

白い家の平らな屋根に四角い窓、　砂と小石の斜面の部落

争いを厭いて来たりしものなるかこの極限に人は住みたる

4

カザ市オールドタウン

なにぶんか疲れたる日の谷奥に冷えたビールを飲みほしにけり

この先のクンザン峠越えたきに雪解（ゆきげ）おそくていまだ開かず

明日なれば峠ゆくべしとことなげに店の主(あるじ)は言い捨てたりき

峠からマナリ街道の筋に出てシムラーへ戻る大団円を想う

雪溶けに青罌粟(ブルー・ポピー)の花見んとひとに告げたる故もあるなり

†

ひる過ぎのオールドタウン路(みち)ゆきて気温上昇の気配をさとる

いまひと日峠越えをば待たんとてジープをつかい山・谷・寺めぐり

涸れ谷を幾筋かゆく流れあり陽に映(うつ)されて光りおるもの

ひろびろと展ける谷に仏塔の白きがひとつそば立ちてみゆ

峰の襞いく重にも折る山なみは白い影をば遠く曳きゆき

†

数日を峠の雪消え待ちおれどマナリ街道へルートひらかず

長旅も日程（ひどり）せまりてくるほどの心ならざるカザの転回

午後のタクシー、レコン・ペオ迄がせい一杯という、知らぬ男が同乗しており

ヒマラヤの夜の一人道危険なり妖かしの出で谷に引かると

雪蔵より・II

雪蔵より・Ⅱ　二〇〇四年八月七日―十月二十九日

一　ラダック地方

1　首都レー

晴れわたる雪の山なみ遠くみて路地のほそきに土壁の家

道にのこる仏塔風雨に崩(く)えたるが二つ三つ四つ連なりており

経文を石に刻んでチベット文字みちの傍(かたえ)に積みおかれたる

岩山の斜面に九層の王宮は石と煉瓦の構築なりき

家いえのひくく盆地を覆いたる高度三千メートルに都

デリー市を朝発つヒマラヤ越えとなり酸素のうすき山なかに着き

柴木生うる細い流れに橋のある坂道をきて宿に荷をとく

†石壁の摩尼(マニ)ぐるま一列ならびいて往来のひと手に廻しゆき

馬鈴薯を天秤にかけ菜は皿に商う路の広くあるなり

銅製の壺に花ばな挿しおいて腰ひくく居る長衣の女子(おみなご)

牛乳を木筒に注いで攪拌するバター造りの家もありたり

†

ヒマラヤの峰より出でて珊瑚石むかし海底の証をのこし

はつかなる金ふくみたるラピスラズリのペンダントを量るチベット商人

銀細工の仕上げなればと髑髏杯八千ルピーの値をつけたりき

タンドリの土窯(どがま)にピザを焼く店の「リトル・イタリー」林の中なり

2　ヘミス僧院

月面の地形にまがう荒寥を一縷の河水ひきて流るる

河原(かわはら)は岩ばかりなる土なきに彼方山すそ砂けむり立ち

脚もなき簡素なる鉄橋わたりゆくインダス越えを思わざりにき

八月のひかり楊（やなぎ）の葉にやどり岸辺はつかな色どりとなる

†

春ならば仮面祭りもあるものを人けすくなき僧院に来る

角ながき山羊の頭部を飾りたる木の扉押してひらく聖域

紗の布を裸身にまとい諸尊らはあたり静けき薄明のなか

手を合わせ面を伏せたる十一面千手観音立ちていませり

髑髏杖片手について朱のころも朱の冠をつけたる神像

［ニコライ・ノトヴィチ］

包みたる書を幾重にも積む棚の図書館(ライブラリー)と世にきこえたり

院僧に〝ロシア人ノトヴィチ〟を尋ぬれば露知らざりと不思議顔さる

僧院の「イエスの文書」いつしかに消えたりしこと煙のごとかり

†

十九世紀末、ロシア人文筆家N・ノトヴィチ、ヘミスに逗留せしは欧州に知られ

カシミールからラダックを巡る取材の途、落馬骨折の治療うけしこと

僧院にて学びしは、昔日、イスラエルの若者ヴェーダを修め帰りしこと

蔵されし『イエス伝』あらましをノトヴィチ聴きとりヘミスよりもどりしこと

†

ノトヴィチ、『知られざるイエスの生涯』を出版せしは一八九五年パリ

帰国せしニコライ・ノトヴィチ、ペテルブルクの筆禍をうけてシベリアに送らる

3

アルチ僧院

インダスを西方にむけ下りゆきザンスカル河の合流点(サンガム)に出つ

うすぐもり河面に銀の波敷きて岩山の影ゆれておるなり

†

村にむかうしるべか仏塔(チョルテン)数基立ちくずれし姿は笠地蔵に似る

岩山をチョルテン導くままに来て麦稔る畑(はた)の一隅なりき

囲いある門の構えの背後より岩迫りたる僧院あらわれ

灯をもてば壁に描きたる仏あり湿った空気にすごせし千年

細密なる両界曼荼羅・千体仏やみより出でて壁面に照り

仏尊の背後おのずと明るきに純金の光輪かがやきたりき

カシミールとチベットを結ぶ要所なれば古来宝物おのずと蔵さる

†

岩の間を青空とする一隅に昼の彼方の星ひとつ住み

野茨の白い花房空に立ちうちなびきたる何の応答ぞ

野茨の散りのこりたる蕊にきて大きなる蜂しがみつきたり

4

ラマユル僧院

忽然と頭(あたま)出しくる仏塔にもとめし僧院(ゴンパ)ちかきをば知り

あき缶の水を負わせて坂を来る驢馬四頭に童子よりそう

山裂けて土流れたる岩かげに石組の民家寄りて立ちおる

断崖のひらけしところゴンパを見るけわしく立ちて砦のごとく

†

里遠き院に一夜のやどりして夕べの勤めに加えられにき

経よむすべあらざりければ教わりしままに太鼓を打ちつづけたり

ラマ僧ら寡黙につどう夕餉にてとぼしき食(じき)を賜れりけり

月かげに異形のものら叫(おら)びあい土踏むが見ゆ雪隠の窓

髪逆立て炎負いたる六臂にて明妃を抱く眼に射られたり

原色に雲と花描きし壁のある僧の一室に泊らせられき

5 ヌブラ渓谷へ

［スムル村］

山越えてにわかにひらく河原(かわはら)の右手に民家壁白く見え

左方からラダック連峰雪冠り河に背をみせ上流へゆく

花片（はなびら）の薄い野のバラ咲きつくし点てんと赤い木の実つけたり

ラヴェンダー野に咲く道をゆき倦みて一握りほど摘んでもどりき

夕冷えに今は牧羊の影もなく聾せんばかり蟋蟀の声

†

ヴェジタリアン・ゲストハウスの食堂に地酒（チャン）を買いきてわけて飲みあう

馬鈴薯と豆の煮込の夕食に買いもちてある缶詰をあけ

デザートに杏と林檎の皿が出て菜食主義の食事おえにき

ホップの実を摘んで枕辺に並べたり暗夜ほのかに漂え麦酒（ビール）

この夜ふけ笛の音遠くきれぎれに谷からの風わたりくるなり

†

夏去れり、今朝ゆく風のつめたきと茶（チャイ）を差しつつ若者は告ぐ

河なかの突きでたる岩に陽さしきて人に似る影つくりおりたり

［砂曼荼羅］

岩山をゆるやかにゆく道ありて車はディスケット僧院（ゴンパ）へむかう

道なりに大小白き仏塔の不規則に並ぶ曲線（カーブ）たどりて

家などの岩根に建てるがつねなればゴンパひときわ険しきにあり

†

巡礼の一行にまぎれ院内のところどころに小銭おきゆく
奥院に僧らひそみて造りおる極彩色の砂の曼荼羅
筒先の細きに砂を取り入れて鉄のナイフで零しおるなり
剃髪の僧五人頭ずをよせあいて砂曼荼羅は板上に描かれ
人物の姿に非ず描きしは独鈷をとりまく文様の花ばな
精緻なる密教シンボル拝観の儀式をおえて砂は崩さる
万物の生成瞬時に烏有と帰す秘儀なるべしぞ砂のマンダラ

［糸の流れ］

屋敷みちポプラの影にまもられて夫婦二人が作業のときなり

綿布織る糸の流れの数百本経(たて)に曳きたる傍(かたえ)に座す夫(つま)

爪引きて張りをたしかめおりたるを糸のもとへと伝えゆく妻

†

杏子の葉繁る部落のみちを入り地名記したる標(しるべ)にきたり

新しき仏塔の二基たちてある静謐の原にひとの影なし

谷ふかく遥かな道をひらきおり先はチャイナかパキスタンか

6

ザンスカル盆地へ

［カリギル　宿（しゅく）］

カシミール＝ザンスカル路の中継地秋期にむかい往来多し

カリギルまで来てターミナルの混雑なり、ザンスカル行の車をさがす

相乗りというジープから声かけられ明朝四時の出発となる

身に余るカバンを荷物の老婦人、これを運んで！　と叫ぶも誰振向かず

ホテルなどすでに満室と若者に建築中の宿につれらる

シャワー室トイレ共用の三人部屋、未完成なるを一部使用なり

［パドム着］

早朝のカリギル宿をはなれてはザンスカル道へとジープ折れゆく

山あいに川水のたまる沼見えてヤギ・ヒツジ・ヤクら草を食みおり

氷河寄り落合う淵の岩音は谷にとどろき遠雷となる

岨道の迷路を日がなたどりたる一四時間のち平地に出でき

光塔（ミナレット）二本立つ見てザンスカル中心の町パドムと知れり

†

ポリ容器に川水はこぶ砂原を少女朝（あした）の太陽あびてゆき

彼方から光る筋ひき流れくる水はザンスカル盆地のうるおい

インダスの支流たどりてラマユルへ氷を渡る冬道もあり

谷峡（かい）に開けし盆地のザンスカル、仏教回教共存の地なり

†

大麦の熟れる穂むらを波立てて通りすぎゆく黄金の風

凪なぎてみやまおだまき咲くもとへ舞いもどりたる昼すぎの蝶

日本の大学グループ茶を飲みつつ多夫妻婚（ポリガミー）の研究を語る

十五日単独行の青年は狼に遇いきと目を輝かせ

落日に襲いかかれる砂嵐寒気と闇をひき連れて来たり

［カルシャ僧院へ］（十六世紀建立の古寺）

街道を守りて立つか仏塔の風水に滅び土と化しゆく

大学の研究班に誘われて山腹の古寺へジープでむかい

岩生うる山ふところの僧院にたどりつかんと歩む道けわし

喘ぎのぼる岩みち陽ざしの強ければたちまちわれの血尿となる

†

薄明りに勤行おえし院僧ら紅茶(チャイ)と練り麦(ツォンパ)を振舞いており

あどけなき十歳(とお)にみたざる僧たちのここに経読み此処に果つるか

ヒマラヤの商人とならぬ男子(おのこご)の多く僧院に入るがならわし

7

帰路のレー市

カシミール　停戦（シースファイア）　とききてより旅人しきりに山下るらし

戻りきて禁酒日（ドライデー）なりと告げられき、「漁夫王（キングフィッシャー）ビール」一本さがしてくるか

†

僧形はおぼえているかと近づいて来ぬパンとコーヒーの出る朝の店

たずさえしヴェーダの原典・梵英辞典、五年前見しデヴィド変れり

思わざる手を握る相手忘れえぬ、羽化のごときは青年の歳月

時と場所うつしてふたたび語りあう照る日にむかい岩山がある

テラスに置くビールグラスに陽は移り僧院山かげを沈みゆくなり

別れきて道の暗きを振りむけば二日の繊月ぶらさがりたる

僧籍に入りし心に秘めたりしか兵役忌避の言葉を問わずき

丘のうえ寺の影ある闇なかに何の行事か松明の火見ゆ

†

長雨にマナリ街道橋落ちしとかレーの旅宿ようやく混みくる

中共に逐われしダライ・ラマ十四世一九五九年のレーに在りたりき

谷多く岩多くして川流る、ゴンパとチョルテンのラダックを去る

二　マナリ街道をシムラーまで

1　ケイロン、ウダイプール

十二人相乗るジープすし詰に峠へむかう星のふる夜

寄りそうて仮眠のうちに夜明けたりタグラン峠を登りおえにき

眼の下を河原ひらけてテント見ゆ羊ら群れて移動してゆく

警察のチェックポイントに来て小休止、軽食もとめてテントへむかう

†

トラックの数台ならぶ基地ならん山岳道路は太くのびゆく

前輪を崖にはずせし軍用車、後続のものら連なりて待ち

ここがいい、とジープを止めてひとり降りケイロン町の三叉路に立つ

食堂を兼ねたる宿とつげられて一夜泊りの荷を解かんとす

香りたつままにほおばる羊肉(ラム)の舌にのせれば蕩けんばかり

†

驢馬ゆけば坂照りかえる岩蔭にひそけきものは蕎麦の花むら

菜の花を過ぎて人影みとめたりウダイの町のやなぎ色濃し

シヴァ神と仏陀を祀る古寺ありて信者ら賑わう鄙の旅宿

ぬばたまの闇の奥処に火を焚きて真言（マントラ）唱うる僧裸形なり

何神かヒンズー神の体なるに仏（ほとけ）の首を据えたる秘仏

2 マナリ

岩照る、眼下千尋の岨道を肺病むごとく軽トラは行く

標高四千ロタン峠を越えてのちみどり波うつヒマラヤ杉に来つ

瀬をくだる雪解の水の急なれば岩を転ばせ泡立ちてゆき

乳白に濁りてたぎつ川ぞいの林檎あきなう季節に遇えり

林檎の木えだ裂けるまで熟れし秋、陽赫(あか)あかと午後の静寂(しじま)は

紅い実の山となりたる桶に寄り庭の飼牛むさぼりておる

†

板葺きの屋根神さぶる古社にきて牢屋(ひとや)のごとく怖れ仰ぎぬ

血の跡に大麦いく粒かこぼれおり山羊を屠りて牲(にえ)したるらし

大木をめぐらせ飾る山羊の角(つの)根方に小さき人形(ひとがた)がならび

奥深き森林公園のベンチに倚り本を片手に居眠りする人

原初の人この地に住みたる伝えあり「マナ」は「人類」の謂なりしとぞ

†

温泉の白木造りの入口には〈入浴 5am-7pm〉とあり

夕間暮れ家かげにきて煙草吸うランニング姿の若者二人

3　ナガール

ナガールまで三〇〇ルピーというを寺二つ見る条件加えさせ

木造は二階建なる古民家の何某城と呼ぶ宿に着く

角部屋の広びろとした風通し板戸と柱に彫りの遺りて

荷を解いてリンゴとビスケットに茶淹れさせ午餐（ひる）をすませばくつろぎのある

陽傾き寺塔（シカラ）に火を焚くヒンズーの供犠（くぎ）の祈りに加えられけり

古城より山影のぞむ暮れぎわは溶暗のうちに灯火点点

4

クル

山柿のみのる野の道たどりゆき「ヒマラヤの画家レーリヒ」記念館に来つ

魁偉なる山の夕景描かれて紫あつく塗りこめられたり

紫は白と茜を加えられなお厚き画の水彩なりき

沈黙へ傾いてゆく夜の闇に満天星がちりばめられる
明方にむけてものすごい静寂が星ぼしを集め、黎明がくる
万年の雪を蔵して大自然は曙と落日にもっとも輝き
ヒマラヤのかくも深くて長き夜を懐に抱く土地の神ある
峠道を歩き疲れて青いケシ黒いトリカブトの燐光を見ん
ヴェーダの語る妙薬すら真相を秘したるヴェール、象徴にすぎぬ
神薬は雪蔵の奥深く秘められる、幻想に惑わされてはならない

†

皮むきてクル谷の柿やや渋し路傍の店で一キロ買いしに

林檎つくる山里を下り柿みのるほどの麓へ出でて来たりぬ

薔薇一輪露まだ重きに陽さしきて驟雨駆けさる庭先にいでつ

更紗木蓮ぞんぜぬ顔に立ち咲けるこの谷村の秋ぞあやしき

5 再訪のシムラー

町の人みちゆく姿変りたりアンゴラ毛のチョッキが流行る

上の町下の町むすぶ昇降機できコーヒー店のにぎわいもあり

モール街に地方物産展あれば「ラダ＝クリシュナ」の絵を購いたりき

うす墨と茜に描きし小品に若い男女が手をとりており

下の町にカングラ美術館ありてムガル朝の画法のこれる

三　平地への道

1　デラドゥン（基地の町）

書店に入りチャンドラ・ボースに関る書すくなからざる棚を見出だしき
立ち読みに「ボースの陽性、ガンジーの陰、ネルーのハムレット的」とあり
店員に「スバシを知るか」と問われたり、「吾らインドと共に戦えり」と応じき
英国の支配二百年に立ち向かう『インド独立への闘争』、ペンギンブック版のある

送らせし書籍六点受領書に添えたる青き紙片のありて

「本のなき部屋は魂なき肉体」と一葉の栞、英文なりき

デラドゥンはかつてイギリス基地の町、今インド兵訓練の地となる

†

細密な壁画・柱絵(はしらえ)のこりたる廟をめぐりて工芸の粋

屋根に立つ小さき塔の数を見て塔の思想をおもいたりにき

2

ハリドワール（ガンガー信仰の町）

季節雨の水ヒマラヤより落ちくればガンガー速くて溢るるばかり

寺のある平地の岸にむれつどう信者ら流れに入りて身を浄め

†

夜にいり時禱なるべし岸にきて僧ら鉦打ち火をかざしたり

いずこより湧き出でたるぞ人のむれ祈りをせんとおめく叫喚

万となる老若男女ひしめくを塔のライトがくまなく照らし

危険標ロープを越えて対岸に泳ぎつかんと流さるる若者

鉄橋より飛び込む人のしばしばに水切りゆくもおよそ流さる

丸屋根のシヴァの庵の内に座す聖者を拝まんと押し合う信徒ら

数人の輪となり声を合わせたる讃歌うたいておみならの一群（ひとむら）

食堂に来ればヴェジタリアン・メニューなりひとは茶を飲みくつろぎており

†

日出ずれば人びとすでに集いきて沐浴場（ガート）に朝の禊ぎするなり

全身に灰まといたる蓬髪は三叉の鉾立て胡座し念ずる

額（ぬか）に朱の印を打ちたる白衣の人半裸の者らに講話しおりき

白牛と黒牛ガートに向きて立ちガンガーの流れを不動に見おりぬ

大いなる象の背に乗り象飼は象の鼻から喜捨をうけとり

3　リシュケシ（吊り橋のある町）

ガンガーを渡す吊橋夕焼けて黒ぐろ炎ゆる影ら去りゆく

耳をゆく風におどろき振りむけば杖を曳きたる白毛の人

†

日は落ちて河面に白く小波立ち人びと岸に寄りあいて来る

水の面にせり出だしたる縁台の燭をともして座す僧四人

とき満てばひときわ灯火耀いてヴェーダ唱える供犠にうつれり

信者らの両手を合わせひらいてはシヴァを讃うる呪文唱えき

滔滔と万年の雪わけてくるガンガーの水を神と崇めて

†

夜にむかい鳥するどく啼いて雨となり煙るカンガー水音のみくる

稲妻よ、ふたたび谷へ入らんとせば河は眠らずゆるぐ岸の森

モンスーンの九月ゆかざり稲光り絶える間なくて戦火のごとし

青く光る虫芭蕉の蔭に寄りひそかな生を息づいて住む

†

兵役を了えしイスラエルの若者らつどえる宿に国の新年祝い

ギター弾き国歌斉唱の喜びよおぼつかぬままわれの和したり

ニューヨークより来し女流画家ありて現代絵画の傾向など説き

豊かなるガンジス平野渡り来し七日をすぎてまた山にむかう

四　四聖地巡り

1　ヤムナーの源

［バールコット宿］

宿に来て、高いぞ少しまけろ、と食いついてみるシニア割引ならぬかと

雨あがり径に名無しの白い花賢きかなや頭を垂れており

粒成りの赤い実をよせ光りたる蝮草かや不意に現れ

狐（きつ）の尾の乱れてすすき踊りおり日傾く道あゆみもどり来

間近なる山の辺の雲夕焼けて天気予報は上上なるべし

［ジャンキバイチャティ］（ヤムナーの茶屋）

岩山の芝色あおく瑞みずし二日続きの雨後に陽がくる

鶏頭（かまつか）の山かげに紅き一群を曼珠沙華かと見まがいており

ヤムナー河太陽神の愛娘、その源へ行かんと山入る

ジープに換え緑の多き谷道を聖地入口の部落に着けり

ここからは車は行かぬと降ろされき驢馬でゆくもよし歩くもよしと

†

ヤムナーのいまだ嬰児（みどりご）なりし身の水晶の透明、氷の怜悧

飛沫(しぶき)あげ瀬の下りくる岸に来てテントの茶屋に焚火すすめられ

「ヤムナーの源(ヤムノトリ)」へ登りの山道三時間、と額に朱印ある人の言う

こころよわくヤムナーの遡上断念しジープに人の集まるを待ち

ひめじおんあかのまんまの咲く野行き驢の馬のあと落としものある

［ハヌマンチャティ宿］

夕近く板葺屋根が十数軒バス停のある町に着きたり

馬鈴薯の袋つみたる驢馬二頭やさしく耐える目をしておりぬ

蚊帳のない河畔の部屋へ牛蛙ひとしきり鳴くま扇風機まわしき

真夜となり霊寄るごとき声のあり裏戸をあければ瀬のわたる音

大部屋の板床に抱く草枕瀬の鳴る音とう夜っぴて聴くも

2

ガンガーの源

［ガンゴトリ宿］

トラックの追い風をうけ翅ひらく道に倒れし一頭の蝶

谷川を渡す木の橋こえて坂、道はカーブをくりかえしゆき

ガンガーの水源近き里に着き街を見おろす二階に入れり

†

陽のたかき山の襞より下りくる狭きガンガー湧きて立ちたる

雪どけの濁りたる水はこびきて浅瀬は石を転ばすしぶき

岩の間にたぎつ流れを前にして大なる石牛うずくまりたり

川ぎしのガートに胡座して僧二人照る陽の下を語りおるなり

古代よりシヴァとガンガー祀りたるガンゴトリの里聖地なりにき

ヒマラヤよりガンガー降りるを頭髪にシヴァうけとめし伝説（つたえ）のこして

食堂に入りて茶を飲む此地もまた酒たしなまぬ名所なりたり

†

川ぞいの風の誘いをたどりゆき香草かおる丘に出で来ぬ

おみならはハーブを摘んで帰りゆく今宵川辺の供犠(プージャ)を告げて

インド九月北部の秋は芽を吹いて夏の枯葉が新緑となる

岩山の峰かげりたりむらさきの雪雲湧きてくだり来るなり

†

うら若き日本女性に会いたりきゴームクへ行き帰り来たると

ガンガーの源泉ゴームク、神神と神話にみちたる聖域にてあり

雪渓と氷河の越えをば怖れたる秘境に敢えて吾(あ)の挑まざりき

インド旅女人一人の多かりき、日本の男子たよりないとか

3

聖地をつなぐ道

早暁に朝餉のけむり白くみて旧式のバス坂くだりゆく

身に褐衣手には三叉の鉾をもつ背の低き修行者(サドウ)隣席に来たり

大きなる黒犬と山羊ひきつれて老いたる農夫のりこんで来る

相客の犬と山羊とを乗せるバスその糞尿も運びて走り

突然、バスの天井打ちて喚く男に悪しき霊降りしという

隣席のサドウ微動だにせざりけり客ら概ね平静を装い

道ぞいに寺などありて一瞬の祈りに手をば合せる運転手(ドライバー)
終着に別れを言いて手をだせばサドウは笑まず合掌したり

［ウッタラカシ］（神話と伝説の古都）

対岸へ渡す大橋ちかく見て市(まち)は彼方にひらけたるらし
寺町はヴェジタリアンの宿に入りまずシャクティへ詣でよとうながされ
湯をもらいバケツに運ぶ行水も聖地をめぐる精進なるべし
シャクティは女の力おそろしき腰に住みたる一巻の蛇

†

女神(デーヴィ)に賑わう街の寺へ来て額にバラの花弁付けられ

鉄鍋に液を満たしてブリキ製女神の容姿立たしめており
ふつふつと滾る油(ゆ)のなか賽銭に女体の腰はうずもれてある
蓬髪に鉾と缶もつ白髭のサドウに再会、此度は笑みき

†

寺多く河いくすじと流れたる古き都に神神の跡
伝説の「シヴァ対アルジュナの決闘」この地が現場と信じられおり
ヒマラヤの中央と呼ばるる此処(まほろば)の地に信者修行者あつまりてくる
「スリナガル」(ジャンムー・カシミールの同名の観光地とは別所)
ツーリスト・ホテル官営なれば一五%のシルバー割引告げられたりき

ハイビスカス門辺に咲いて濡れており雨季まだ去(ゆ)かぬ平地に着きぬ

†

トタン屋根の羊食わせる店にきてビールあるかと注文したり

グラスをば紙に覆いて持ちくれば瓶はテーブルの下に置き去る

霧の雨公園の松葉にのこりたり針につらぬく水玉の群

下りれば夏上れば冬のヒマラヤ行、バスを見送る野猿一列

［ルドラプラヤグ］（アラカナンダ河とマンダキニ河の合流点）

河ふたつ雪の峰より流れきて響交うところ聖合流(サンガム)となる

河の股に赤い旗さし花を添える背後に古き寺ひとつ立ち

信者らの夕暮にきて身を浄め祈りにむかう影ののこれり

†

リカーショップにワイン一本入手せり部屋のシャワーで水垢離をとる

土砂降りの目覚めの床に驚いて窓をひらけば河のゆく音

4

シヴァの聖地

［巡礼の山道］

約束の時間にポーター待ちており聖地へむかう宿を朝立つ

緩やかに整備されたる参道を貧富まじえて山みちに入り

額（ひたい）をば花飾りさせた驢馬にのり曳かせてゆくは屈強なる若者

肥満男、痩せて背低きネパールの四人の輿にかつがれてゆく

シヴァ聖所へ歩きつづける七時間、三五八〇メートル高地をめざし

†

滝の水ほとばしりたる岩の間を花咲くごとき苔の群ある

枝道の小さい橋を渡りゆくバラモンの僧、褐衣に頭巾

灌木の林に入れば茶屋ありて山の男ら飯つくりおり

昼食の薄焼麵包(チャパティ)つまみおるあいだ言葉すくなき中年のポーター

午後の道のぼりあぐねて汗となる照る葉みどりは野生の茶の木

急坂の三千メートル標を越え酸素のうすきに立ちどまりたり

巡礼の歩みて向かう氷壁を雪のけむりが散り散り渡り

聖域の白い峰みね肌荒く岩むきだしの壁となりたる

†

シヴァ神の邑（さと）に入るとき突然に右腿の筋に激痛はしる

ベルリンに購（か）いし山靴ゴム底の部厚く重たかりければなり

ポーターの肩を支えに足ひきて古い街なみの宿所へむかう

宿の者と言葉を交しいたりしが明朝来べしと男は告げ去る

［ケダルナート］（シヴァ神の住まい）

杖に倚り陽かたむく通り歩み出ればテントを張ったバザールへ来る

毛の長きヒマラヤ犬か黒い犬するどい目をしてこちら見ており

行き交える人にまぎれて高台の威容なす石の寺院めざしき

暮れ方の祈りをせんとひとびとの列をつくりてあつまりて来し

山門に大小つりたる鐘を打ちシヴァに呼びかけ拝殿に入る

大きなるシヴァの使いの石の牛（うし）座して信者を迎えおるなり

自然石の陽根（リンガ）を拝しなにがなし有難かりき至聖所を出ず

全身を灰まぶしたる修行者の袖なし一枚で粗朶火くべおり

†

この町の酒を許さぬ聖地なれば熱いミルクのお代りをする

日の暮れとともに道行く人絶えて犬の遠吠えはるかから聞こゆ

［帰路下山］

のぼる陽に白き山山あらわれて 橙（だいだい）いろのかげつくりたる

山腹に太き白雲二本立ち昇りゆくなり天を突くまで

帰路の朝うすく散りたる雲あれど青ふかき空は秋のものなり

一過性の痙攣なれば痛みもとれ足もと軽きケダルナート下山

5　ヴィシュヌの聖地

［霧の山越え］

霧ふかく農をいとなむ村落に苔のむしたる古木多かり

バス休憩一刻ありて石楠花の葉厚く繁る里山を見る

花どきは六月という、草を踏み分け入りたりき熊笹の道

［チャモリ］

旧(ふる)くより河沿いにある宿場ならん酒屋をひとつ見つけたりにき

夕立は神鳴りつきで突如くるビール抱えて宿にかけこみ

無事とだけ書いてよこせと諭されき今日一便をしたためており

Hotel Heaven, Bus Stand 前 Chamoli 町 Uttaranchal 州、に一夜泊る

新築の中級ホテル金襴の掛布団なり里心がつき

［ジョシマート］（ヴィシュヌ神冬宮あり）

トレック用軽いシューズを買わんとてマーケット街まで歩いて来たり

道端の歯医者トランクを拡げおり歯型・ハブラシ、ペンチがのぞく

帰国すれば抜くことになるかまた一本奥歯の痛み気づかされけり

町裏の石段おりるリカーショップに来て鉄格子からウイスキーを買い

菜食の町ときさきしが茶店にてマトン入りモモ、オムレツを売る

✝

犛牛（ヤク）を飼いミルクをしぼる民ありてバター茶一杯振舞われたり

古きよりここに住みたるモンゴル族祖国との往来絶たれおりにき

雪来ればバドリナートの神移る此地を「ヴィシュヌ冬の座」と呼び

［バドリナート］（ヴィシュヌ神本殿）

追分の里すぎにけり相乗りジープ、「左・ヴィシュヌ聖地」「右・花の谷」

山ひだを縫う川の道ふかく入りて紅葉ひとむらぽっと燃えおり

岩の間をゆられて二時間、バドリナート三千メートルの台地に着きぬ

断崖をけずって下る河の辺に温泉の湧くガートも見えて

†

南（みんなみ）をうけて賑いある町の古き家並を荷負いて歩む

寺へゆき宿泊施設に泊らんと欲せば外国人不可と拒まれ

バドリナート寺院の正面顔に似て二つ眼の窓黒く開く口

縫いぐるみに身をつつみたる門衛の赤い姿が裸足で立てり

拝殿を入りて至聖所、本尊ならん黒い体軀（からだ）が顔なき如し

「ヴィシュヌの原」

馬鈴薯を穫り入れし後の畑（はた）に散り子らは残りたる芋ひろいおり

腰巻に太い帯締め靴をはき顔に布巻く農婦は背に籠

黒い毛の面覆うまで長き牛つの突きあわせて押相撲する

驢馬のゆく農道つくり山側に石を組みたる垣築きたり

山ぎわのコスモス群れて咲きたるを入る陽ま近かの斜光が通る

野の草はあかく色づきヴィシュヌ原雲ゆく空のなおひろくあり

ささくれし岩の峰立つ空を見れば雲は西から寄りてくるらし

†

夜半に起き窓をあければ雲なくて雪山の斜面煌煌と照る

五　花の谷

1　ゴヴィンドガート宿（しゅく）（往路）

自動車道ここまでとされひとまずは花谷へ向かう宿（やど）をとりたり

夏のみに開かれたりし町なれば賑いというも残りてわずか

宿ならぶ仮設の街を歩みゆきシーク教徒の正装に遇う

長髪をターバンに巻き白衣せし腹の帯には短剣差しき

シークらの此地に集い古の祖師開眼したる聖地をめざし

†

岩鼻は朝（あした）の霧にかこまれて厚い雲間にやがて沈めり

雨止みてうすい陽のくる村ゆけば白菊黄菊の垣根にいでつ

山道の家をたどりてゆく先に深紅の鶏頭むらがる畑あり

鶏頭の実を脱穀し村人の地酒を造るすべもあるなり

バケツの湯二〇ルピー出し運ばせて幾日ぶりか体を洗う

2

ガンガリア（花谷の前衛基地）

霧雨に草木は湿る山道をポーターのうしろ六時間歩みき

軒長く出でたる家の石畳お暗き路地に宿をもとめる

道一本通したるのみの里なりき食堂・土産店・馬具屋のならぶ

驢馬使うシーク教徒らここに泊りなお千メートルの高みをめざし

花谷を歩むガイドを捜すべく人の集まるレストランに入る

ガイド業三代目という青年と意気投合し明日を約束

†

夜明けぬにシーク教徒ら声高く驢馬にうち乗り街いでてゆき

戸をあければガイドは外に待ちており弁当つくらせわれの朝食

最奥の宿場に朝の陽さしくる動きの中を谷に向かいぬ

3 花谷(フラワー・ヴァリ)へ

ヒマラヤ杉せたかき森の道ゆきて入山管理所に料金を払い

山道を登りきったる目前にながくひらけし窪地あらわる

行手には雪覆いたる山脈(やまなみ)が壁をつくって谷閉ざしおり

シーズンは千人の数長く行く花谷に今日影もみえなく
昼月に雪山颪（おろし）くる原を二人歩みて追う人のなし
やわらかき駱駝色した枯草が初冬の原を覆いおるなり
†
野のバラのすずなりとなる赤い実も晴れわたりたり十月の空
コケモモは光る朱の玉岩蔭に緑を敷いてちりばめたりき
羊歯の葉の枯れ枯れの蔭にひそみいて瑠璃色のベリー季節に輝く
朽ちし葉の間にのこりたる紅（くれない）と黄と紫の小花をさがし

岩の間に亡びをまぬかれ星ひとつ雪咲くごときアルプスの花

花ばなの名はリンネの二名法、祖父が伝えしとガイドは語り

花谷に人歩まずなるこの時期の枯れた景色が一番と言う

†

低き背の石楠花の群下りくる鈍い緑の斜面つくりて

霜に傷むフェンネル黒い茎さらし天仰ぎたる数本立てり

葦の綿冷気に己が身を縮め死したる穂むら陽は照り反る

白樺の落葉せし幹累るいと陽に斜なる白骨が立ち

冬にむかい相を変えたる奥谷の残りし花を尋ねゆきたり

†

魔の住むと村人怖れ近寄らぬ谷を見出せし英人のあり

エジンバラ植物園長F・スミス、谷の探検隊メンバーとして来る（一九三一年）

一千種をこえる高山植物の宝庫と書きて人に知られる

J・マーガレット植物を愛せし女子学生、花を摘まんと滑りて谷落つ（一九三九年）

†

チャパティと紅茶の食を野におえて仰向けに見る遠い雪山

突然の雷（らい）と驚きふりむけば根雪を嚙んで岩流れたり

4

帰路のゴウィンドガート

くぐもりの町にもどればあちこちと店をたたんで冬支度なり

宿などの戸を閉め釘を打ちたるは今日を終(つい)にと引き上げてゆき

粉雪にシーズン了えし驢馬たちの背皮すり切れ血をながしおる

†

宿主に、ぐずぐずしてると食う物がなくなるぞ、などとおどされり

夕食をせんと表に出でくれば大方の店閉めておりにき

かろうじて客ある店をさがしあて最後のモモとマギーにありつく

インスタントラーメン砕いてスープにしスプーンで食いおりマギーと称し

木材の屑よせ集め空地にて人びとつどう火を焚いており

町の人別れのキャンプファイアに旅人は吾(あ)の一人のみなり

†

夜も更けの声をあやしみたどりゆけばシーク教徒ら部屋に呑みおる

床(とこ)を降り瓶を囲んでのみおりきスコッチなりにき中に招かる

何処より来何処へ行くか、問われしがやがて解せぬ言語になりゆき

帰るさに細き腕輪を贈らるる、勇気と力を汝に授くと

六　クマオン谷を行く

1　ピパルコテイ（棚田ある里）

岩くずれ通行不能なる道をブルドーザーがきて掻き除けており

昼すぎのピパルコテイの町に着き十五％引きの公営宿に入る

茶屋にきてビールあるかとききたるにローカル・ブランデーがあると言われ

ビールならあそこのホテルで飲むべしと行く道をさし教えくれにき

†

山を背の棚田吹く風今日はたえて刈稲のむこう羊雲浮く

休耕の草の田一枚あるなかに菜の花の色のこりておりぬ

菅萱の秋来し色となりたるか村人の入り刈りゆくありき

夕映えにむらさき茜の雲爛れて老婆野道を立ちつくしたり

夕凪に供犠の鐘くる山里は聖と俗との入会いなりき

2

グヮルダム（途中下車）

南向く河畔に白き廃屋の一団はダム建設予定地

対岸の山崩れして土流れ刈入れ前の田ごと潰えり

四聖地と花谷巡りおえし身をヒマラヤ高地の南へ下る

†

昼食時ゆるやかにバス停車なり小高き丘のグヮルダムに着く

マトンカレーにビール一杯ポテト添え、この鄙びたる優雅はやすらぎ

宿とみて部屋を拝見、谷越しの連山遠く窓に収まる

即金で部屋代を入れバスに戻る、ザックを背負いて途中下車なり

［秋の桜咲く］

荷をあずけ午後の山道入りゆけばところどころに耕地明るし

丘下る斜面に松の林切れコスモスのなかを桜一木

陽傾く彼岸桜か満開に枝荒れ放つ野性を見せて

†

落日は冷えのきびしき夕なりき蠟燭の火に手をかざすなり

雨音か窓を開ければぱたぱたと烈風に鳴る樺の葉のむら

［かくれ酒］

道に出で小さき店にブランデー・ポケット瓶を一本もとめき

くらがりに食堂の灯(あかり)もれてきて人の集まる影のみえたり

うしろ手に戸を閉めて入れば温(ぬくと)かり明りのとどかぬ隅に腰かけ

マトン煮にスープを付けて注文せり人びと酒を嗜まぬ店

闇の間のくろきなかばに燭ともり人の容貌あかくゆらめく

影どものながくみじかくゆれるときかくれ酒する、人は見ざりき

3

カウサニ（ナンダデヴィ山を望む）

センターに車を止める角ありてゲストハウスに人影を見る

ナンダデヴィを見んと来るには天候の不順な季節、と話しかけられ

石田君デリー大学在籍中、日本より来し学生という

茶屋に入り運ばれしチャイに数滴のブランデーおとし入れてやりたり

［雷雨来る］

林道のあればたどりて村落へ二人連れなる徒歩に行きたり

下草の生えし疎林をわけ入りて谷水わたる畑に出でつ

土壁の家をめぐらせヒンズー寺石塔の隣りに茶屋をおくなり

茶をすすり空見上げれば石田君、雲ゆきあやしと警戒の様子

思いなし気温にわかに下がるよう、遠くより雷来らしと亭主

あわてたるきびすを返し山道へもどりゆくとき水滴来たり

急ぎたる矢庭を打ちて雷鳴の大音声に魂消る二名

ほうほうと声をあげつつ氷雨となる下り坂をばまろびゆくなり

雨けむる茶店のテラスを近くに見、駆け行くわれらに霰おちくる

ヒマラヤのつめたき雨は雷をつれ大粒の雹まじえて落ち来

客去りし茶屋にもどれば火残りて羊の肉を煮てくれるという

［朝のナンダデヴィ］

ナンダデヴィ連山七八〇〇メートル、朝雲たちて間近に見ゆる

昨夜来、霙と雨に洗われて丘からの眺め透明となり

緑濃き山谷（やまたに）の間を白い雲湧き立ちたれば流れる気配
陽光を東にうけて連山の峰みねの影オレンジに変わる

七　ナイニタール地方（ヒマラヤを下りる）

1　アルモーラ

山脈（やまなみ）の行方をあかず眺めいて、神は偉大なり（ゴッド・イズ・グレイト）、と語りかけらる

籠に鳥在るかと問いて、然らざり鳥に非ざり風の棲む、と自答なり

汝が住むは幻（マーヤ）の境（かい）、と告げられて枝道多き原をくだりき

サルビアに黄菊咲かせる庭先のシヴァの庵を借りて憩いぬ

［故障車を逃れる］

石塔の多く建つ里ありと聞き車を呼びて行かんとすなり

この車しばらく行きて登り坂にギアチェンジがきかずなりたる

修理後のわずか十分たつほどに後部車輪を脱落させたり

通りくるバスに手をあげ移らんとせば五〇ルピー置いてゆけと言い

五〇ルピー無視して走れば百ルピー百ルピーと叫び追いかけてくる

ドアー閉めてステップを上り行け（ゴー）行け（ゴー）とわれの叫べばバス行きたりき

［塔林］

谷道を歩めばやがて塔現れヒマラヤ杉のある林なり

塔に座し花を置きたる僧のあり入る陽に書を読む横顔みゆる

大きなるシヴァの男根（リンガ）に浮彫りの如何な王者か端正な面立ち

法輪をあたまにのせた石塔の大小数えて一二四基という

此処の地はシヴァ派の里にあるならん門に三叉の鉾が立ちたり

†

南むく斜面に三戸の農家ありて三本桜にかこまれおりぬ

秋の陽をしたたか浴びてさくら花空の藍を背に咲き誇るなり

2　ラニケット

羊たち瘤牛たち水牛たち追い上げてくる子連れの一家

忽然と学童たちの消え失せて山下る道を霧の手がおおう

生きものら秋から冬の一刻を深い霧のなかに身づくろいする

盛りとはいわねど花も紅葉もあるこの秋里を旅にゆくなり

［クマオンの里］

十二世紀の寺院点点とのこしたるドワルハットの遺跡丘陵にあり

ゆるやかな小川をはさむ田畑に来、橋のたもとの芭蕉葉繁る

海抜を一八〇〇と下りては稔りの多き農村となり

†

紀元前五世紀インドに入りし人ら塩を掘りては商いたりき

アッシリアを出でたる移民クマ族の開きし地をばクマオンと呼び

塩掘らぬ時代の人となりたればアユルヴェーダの薬つくりき

［インド軍駐屯地］

英軍の駐屯地（カントンメント）たりし広域はいまインド軍にひきつがれおり

軍の寺院大理石に造り飾られて参詣者にむける終日の演奏

寡婦および留守家族の女性らに機織技術教える職場ある

†

トラックに便乗許され三〇分チェックポイントで降ろされたりき

松林をたどりてゆけば下草のガーデンセージが紫に充つ

3　ナイニタール湖

「瞳の谷（ナイニタール）」のつくりたる湖（うみ）碧くして晴れた日のもとヨット浮かべり

若き日、「薔薇の谷（ローゼンタール）」なる銘のカップにコーヒー飲みたる記憶

†

みずうみの北の岸まで舟でゆきナイニ女神の寺に詣でる

周年の供犠にあたれば人の出も多き湖畔を歩みもどり来

さざ波の白く水面を覆いたる岸辺のポプラ黄葉なれり

庭園に咲く向日葵の背低きを季節の終わりとながめおりたり

ホテル前のベンチに腰かけ夕方は道行く人を飽かず見おりき

4

ハルドワニ（旅の終わりの町）

谷を下り平地に着きてハルドワニ駅、デリーへ向かう特急もあり

バスを降り、かねて聞きたる宿へくる室温快適扇風機（ファン）も不要

暮れ方の大路を楽隊の音がして仮装行列に人あつまりてくる

緋や紺のビロード・コートに金銀を飾る冠の稚児さんが行き
夜に向かいどんと花火を打ち上げて導師（グル）何某の祭りなりとぞ

†

寝坊して街に出でたり、 特急券購入と空路のリコンファーム
町なかに歯医者の看板絵を画きて文字そえたるが字の読めざりき
ヒマラヤと平地をむすぶバザールの青空の市晴れて賑い
古着屋をあちこちに見る人気なり上等のスーツ、 ハンガーにつってある
ネルー首相愛用したりし六つボタン衿なし半袖ウール地のジャケット

量り売りの紅茶一キロ胡椒二キロ、梱包させてかついで帰る

†

平野めざす鉄路いくすじか這入りきて黄色の花が構内に咲く

デリーまで約六時間の特急はエアコン付きのリクライニングなり

バングラデッシュ行

バングラデッシュ行　二〇〇六年十一月十六日―翌年一月二十九日

一　ベンガルの風

1　アーム（マンゴー）

雨期過ぎの乾いた風に匂い立つアームを言うとき言葉は甘し

マンゴーの葉さき鋭き折目より天の甘露はしたたりておつ

沙羅（シャーラ）の木　下道をゆけば万霊の蝶華やぎて翳りに誘う

2　颪は海から

巡行船　遡りゆく滔滔に　颪は海から吹いてくるもの

陸揚げの荷よりこぼれる林檎蜜柑ひろいて削り商うおみなら

黒い山羊バナナを食うを見るわれを見守る黒い一団のまなこ

†

半裸にて眠るがごとく横たわり　肋骨も顕（あらわ）に無言樹の下

飢餓（うえ）の姿追いつづけたる画家ありて「骨の袋（ア・バッグ・オブ・ボーンズ）」の作を遺しき

窓のない部屋に宿ればとりあえず最大級のごきぶりを殺（と）る

亜熱帯の傷熟みやすしひと夜さにバナナの腐斑総身をわたる

3

独立戦争博物館（ダッカ市）

独立を叫びしがゆえ捉えられ獄されし十七歳らの名

昼暗き部屋に貼られて写真幾葉、犯され殺されしいまだ幼きの

両腕と大腿ひとつ失いて水漬く屍（かばね）の白い歯が笑み

車曳ら腹裂かれまた首狩られ路上に積みて重ね置かるる

野犬きて焼野の原に放置せる人の屍臓（しわた）をむさぼりおりき

ジェノサイドと告げて殺戮（ころ）したる三月の籠解いたるごとき肋骨の山

「独立」というひと言に老い若き三百万の命費やさる

4

雨期去りて

翠（あお）きもの　芒　早苗田　芭蕉の葉　ほてい葵は紫に充つ

風雨去り岸に寄りくる採砂船　梵天の子（ブラフマプトラ）河水動かざり

水退けば涸れし河原の土に生うる葦の穂先に雲雀きて着く

色づきし穂の田のとなり老いしひと腰ひくくして苗代を張る

村道を覆う槐[えんじゅ]は苔むして空洞のある瘤やしないおりき
山羊二頭乳に満ちたる革袋大地に触れん歩みおもたし

二十一月ストライキ勃発（二〇〇六年）

1　一日目（マイメンシン、首都ダッカの北方一二〇キロ）

唐突にゼネスト発令を知る朝のあらゆる車輛は運行停止
一晩を路上に投じ寝たるひと髪を乱して身を起こしおり
街頭にスト集会の一団あり少し離れて機動隊のトラック
村むらを巡りてゆけり教宣車アジ演説は稲田を越える

信おけぬ「選挙管理委員」更迭の要求ゼネスト無期限を宣し

2　二日目

マイメンシン市完全に封鎖孤立せり街路にあるは人力車のみ

○七年一月総選挙をめぐっての不満と確執は一気に噴出

「選管委員長」アジス退陣をつめよられ三か月の休職に逃れたり

ダッカにて路上の車炎上す保守・革新、警官隊入り乱れ

闘争のこの日全国死者五名負傷者１００を越ゆと報道

3

三日目

繰り返すＴＶなにを伝えてか街頭の声激しさを増し
混沌と行方のしれぬ日のつづき脱出せんもかなわざる日日
閉ざしたる店先に貼られしポスターの半壊の頭、首断たれし体
ダッカ大学でカクテル弾四個爆発、幸い死傷者なきをえたりと

4

四日目

太鼓うち鈴ふり路上をデモがゆく声高き教宣車が先頭にたち

踊りつつ腕を組みつつ人ゆけり「選挙を守れ！」の横断幕かかげ

折からのアザーンに抗(あらが)いデモ隊は店閉じし街を音たかく行く

午後七時、「スト解除なる」のニュース来て北のちまたに日常もどる

5

翌朝の新聞から

全四日ストによる損害ゆくところ下層の人に重たかるべし

自活しある「路上の子ら(ストリート・チルドレン)」を物乞いに再び追いやる結果となりて

ストはいったい何のため誰のためかと問う、「路上の王者(キング・オブ・ロード)」一車曳氏

下層民多くは未組織労働者、リキシャマンもまた然れりと

果てしなき党利党略の争いゆえ国力は衰退せしに非ざるや

蚊の異常発生告げる記事のあり、オイル不足で殺虫剤散布できず

強盗は一人殺害二人誘拐、収穫期の富農を襲う

6

隣市モドプールにて

スト終えし余韻いまだにさめぬままホテル前にて檄をとばす人

VTR、ダッカ市街戦を近写して対立党の暴行を曝き

集会は決意表明の絶叫となり「ジャイ・バングラデッシュ！」、まだやるつもりなのだ

パーカッション、ハルモニウムに美女唱い集会いつか祭りへ変容

†

人散りて闇ふかみゆく夜の淵にいずこから湧くアッラーを呼ぶ声

三　洪水野（ハオル）

1

ガロ族の地

刈り株を残して乾く田のさきに砂糖黍の花白く泡立ち
収穫にむかわんとして黍畑その四五株を結いまとめたり
落日に砂糖黍の穂ゆるぎたりかく柔かき尾の獣を知らず
草を食む牛の背に粗い布仕着せ近づく冬を慈しみおり

敷き草をふみゆくときの人力車わらの匂いの遠い記憶に

†

雨期くればハオルとなるべし低い地の仮設橋いくつ越えて来たりし

水ひかぬ浅いよどみに村の子ら泥をすくいて雑魚（ざこ）獲りしおり

わずかなる砂地に白い網を張りボールに遊ぶ日曜の少女ら

三時間バスにゆられて河岸（かし）に出き平舟に積まれ村人と渡る

古き家に柱黔（くろ）くて輝くはガロ族の街　沼沢地の奥

森ふかく錬金・秘薬を蔵したりインド黒魔術の境（かい）に通じて

榕樹蔭　竹叢（たかむら）の道　家鴨池　廃寺の庭に椿花（はな）落つ

†

街灯を照り反しくる狭き運河草の臭いして鈍く流れる

家ごとの裸電球軒に懸け鉄（かな）床打つひと木を挽く人影

ガス灯をともして老婆ひとり居り石油の量り売りする夜浅く

かんてらを傍（かたえ）に釣った人力車田なかの道をふっと消えたり

辻角に燭ひとつ立ちその先はまっくら生きものたちの原郷

2

遺りゆくもの

半女なるかたちにシヴァはあらわれて童子の瞳すずしき面(おも)なり

片胸に一房実りの 証(しるし) あり肉はおみなの姿を見せる

二肢を閉じ直(すぐ)に立ちたる前の身に一すじの瓔珞まといて厳し

足をあげ日輪に踊るシヴァさえも陰と言う内的時間をもつ

†

いにしえの像は双手に金鋼杵(しょ)もちて振るえば目くらむ一瞬

銅(あかがね) の姿くちゆく刻刻を面(おも)の黄金に密かにのこし

時という三千世界を輪の如き無限の空にみちびく者あり

［石失わる］

長雨に小島となりて残る地を人は舟漕ぎ渡りゆくなり

洪水の全土を覆う年年に石というもの全て流され

手に握れば即ち土の粉（こな）となり水ひきしのち道を残さず

この国の寺院建築石なくて煉瓦を焼きて積みて重ねる

石なくて煉瓦をくだき道に敷く舗装なしたる女子供の役（えき）

†

子供らの小舟に棹をあやつりて澄みし流れを行き来しおりき

北方の川に玉砂利採る船は畚かつがせ陸あげするなり

青く塗る大型トラック三台が河の浅瀬を弛く行き来る

山寄りのジョインティアプール太古より背高き巨石数基立ちたる

切り出だしたるまま荒き石肌は聖域を語るか今は放置され

四　西へむかう

1　デイナジプール、ジョエプールハット

緩やかによどみ流るる岸にきて褐色の山羊草食みており

崩れたるアーチのむこう石段の残りて人を水場へわたし

刈りおえし稲田に干され山羊の糞（ふん）、色とりどりの腰紐もあり

赤い陽がユーカリの葉の間を洩れて夕道にぶく照り反しおる

人か猿かうずくまりたる四肢ながく目と耳と鼻きわだちたりき

首長く伸びて嘴を胸に置く鳥を真似んと裸身の若者

髪ながきおみな双手を差し出だす乳房おもくて土に垂れたり

小鼓を打つと片手をふりあげて脚ひらきたる腰に布巻き

人獣を粘土に造り火に焼きて飾りつけたる古き寺ある

2 ラジシャヒ

アッラー・アクバルの大音声に起こされき光塔(ミナレット)の下に宿せし午前五時

明け方に帰りて諍いおりしかどやがて鼾を轟かせてきぬ

ハロ・ジャパニ、バスOK！　と戸をたたく、早朝解除なるスト第二波

牛糞を丸めて葦の串に刺しかまどに焚いてパン焼く朝（あした）

†

スナモジという名の町にバスを待ち茶を飲むときの妙になつかし

力車（リキシャ）をばリシカと呼べる訛あり山茶花をサザンカとするに似て

3

クシュテイア

［クティバリ］（タゴール旧居）

野の極みに鳶ひとつありて翳りたりガンガーはポッダと名を変え下る

黄金のベンガルと詩人うたいたる野を分けてゆく風すぎし跡

庭広き旧居の階をのぼりゆき訪日の遺影数葉にまみゆ

公園の木蔭に白き胸像のラビンドラナート・タゴールと銘ある

［ラロン聖者廟］

聖者廟、ラロン・マジャルと称(よ)ばれたる歌人の墓へ誘われて来し

壁にむかい修行者座して祈りおり蠟燭の火は低く炎(も)えたつ

輪になりて鼓うつ人、一絃琴・ハルモニウムを弾く人らあり

†

暮れゆけば吟遊ラロンの廟にきて放浪のひと旅の唄うたう

河の水吹きあげられて野の道のうしなわるまで雲低く這い

海からの旋風雨をともないて牛車と人と巻き上げてゆく

家は飛ぶ　丘の大樹は根を扱(こ)がれ　低い音階の風鳴りやまぬ

†

燭の火がひときわ明りをはなつとき楽士の面(おも)はあかくゆらめき

踊り手の青いレースを纏いたる若者は窓から満月のぞみおり

椰子の樹のむこうの空は紫に音をひそめて失われゆく

五　知識人慰霊の日

1　十二月十四日（ボリシャルにて）

人びとの黒き装いに集いたる野外ホールは花の輪の列
何ゆえの殺戮か、作家・詩人・医師・技術者・教師・学生…を根絶の企て
自らを「知的」と称せしに非ざりしがそのゆえ消されし人たちがある

2

死者名簿（ネクロロジー）（The Daily Star, 12.14.06 より）

連れ去られし兄を求めて出でしかどそのまま帰らざるZ・ライマン
（三十六歳・作家・映画監督）

ダッカ大学教授R・ハッサン同居の友人と共に拉致され行方不明
（三十九歳・英文学者）

「理性・直観・実在」の哲学を講じおりしがG・デーブ学園祭に虐殺され
（六十四歳・哲学者）

地域復興に努めおりにし政治家実業家のK・ゴシエも虐殺さる
（八十三歳・弁護士）

十四日朝S・カーンを連行し殺したる裏切り者らを「軍協力者(*)」と呼ぶ
（四十五歳・大学講師）

女流詩人セリナ・パルヴィン殺されし十二月十四日という運命の日
（四十歳・ベンガル文学研究者）

ベンガル語回復運動の活動家S・カイザー同じ日連れ去らる
（四十四歳・ジャーナリスト・作家）

パ軍の残虐行為を報じしがゆえ捕えられ帰らざりN・アーメドは
（四十二歳・ジャーナリスト）

宿舎より誘拐されしA・パシャら知識人として一括殺害され
（四十三歳・評論家）

六人の兵に襲われ捕えられしレジスタンスのM・ラビ十五日深夜殺さる
（三十九歳・心臓病学者）

心身を病みておりしがM・チョウドリ独立の朝に拉致殺害され
（三十九歳・大学教授）

切断され体のこしたり解放運動を支援しおりしG・アーメドは
（三十六歳・歴史学者）

・・・・・・・・・・・・・・・・・・・・・・

（＊）「アル・バドル」と称するバングラデッシュ市中の「パキスタン軍協力者グループ」のこと。

3

追記

独立を四十八時間前にして抹殺されし知識教養人らの十二月十四日

目かくしされ猿ぐつわされ煉瓦焼場に息絶えて独立を知らず

奪われし知識教養人その数を三万五千と後のひと算せり

傍観者たりえざりしがゆえ起(た)ちしひとらみな狩りつくされたりき

†

十二月は首うなだれて、黒い花たずさえてもどる血に染んだ町

六　独立記念祭典（十二月十六日、ボリシャルにて）

独立を祝いゆく示威の先頭は銃を擬したる民兵の車列

掲げたる緑に赤き日の丸のバングラデッシュ国旗まぶしく翻り

横断幕かざす市民ら声をあげ平和行進誇りて歩む

リキシャ止め「緑地の日章旗」わが振れば熱狂してつぎつぎ車にすがり来

一つたび失えばふたたび取り戻す至難なる掟を独立という

†

会場のあとに残れる花の輪はこの町にもどらぬ学生の数

七　ガンガー河口ちかく

坂にきてリキシャの後押す商売(たつき)あり一押し四円ほど少年も混り

クレーンにコンテナを吊る作業あれば男ら飽かず見守りておる

†

村人は河口に近きゆえを謂い巨大魚が棲むと手を拡げてみせ

二〇キロ越すがに見ゆる大鯰を戸板にのせて夕市は立つ

三肢失くバザールの地を転(まろ)びつつ移動して路上に生きる人あり

†

市のあとひとり残れる火を焚いて朝まで唄をうたうひとありき

月あかき夜半の目ざめに窓をあけベンガル哀愁の一夜を聴くも

八　帰路のダッカ

1

吟遊詩人

一絃琴（エクタール）かた手に爪弾き道をゆくベンガル人（びと）の唄を聴くなり

われらみな盲いたる者にしあれば、人は歌いき、心にて視よ…

旅もまた大いなるうねり、と歌いつつ微分音階のきざむ旋律

盲い人うたいつつ前を過ぎゆけり低い声にて語るごとくに

杖をつくその背に連なり暮れつかた流亡の二人(ににん)雑踏に消ゆ

世を捨てて歌の心に澄まんとて吟遊詩人は己が眼を刺す

2　月読み

菩提樹をめぐりて歩み小さい実を踏むとき傷ましつゆの紫

椰子の葉を池面にうつす岸にきて僧ら夕べのみそぎおえたり

満月にいま一夜かと身を傾げ茶(チャイ)飲みおりき月を読みつつ

シッキムからアッサムへ

シッキムからアッサムへ

シッキム　二〇〇二年十月一日―同月十八日

アッサム　二〇〇六年十二月二十四日―翌年一月七日

一　クルシャンからダージリン（西ベンガル州）

1　トイ・トレイン

クルシャン駅裏手につくる茶畑のさかりを過ぎて陽にむかいおり

六〇年たちて植え替えの期なりしが労働者不足で蔓に覆われ

おもちゃの汽車（トイ・トレイン）†乗りてみんかと思いしがいつになったら発車か修理中

子供らの線路に丸太ころがして走る列車を所有する快感

一八八一年開業の登山鉄道、世界遺産に登録される（一九九一年）

2 ティー・エステート

陽高くて帰るは惜しと相乗りのジープ茶園（ティー・エステート）にむかいおりにき

夕刻にティーとケーキのサービスあり、など語りつつ山道に入り

英国人経営したる農場の広域なりしマカイバリー茶園

茶畑にゆきとどいたる手入れありて緑の丘の陽落ちかかる

†

先客と共に農園めぐりおえ応接室の茶に招かれき

樹上より二匹のコブラもつれあい落ちてきたるを捕えき、と語るあり
狩を好み狩猟譚など本国に刊行したる園主なりにき
ダージリン潰えし後はアッサムかセイロンの時代とさびしげなれり
色淡きダージリンティー運ばれり砂糖をいれず飲むものらしき
ここで焼くケーキといいてならべたる銘銘皿の大に驚く
土産品の紅茶いくばく組合せ送る注文をして辞したりき

3　ダージリンに着く

丘の町ひろい通りを樽積みて驢馬の曳くあとついて行きたり

看板に「老修道士（オールド・モンク）」とあるを見き、なに商うならん近く宿とる

現地語のドルジは雷のこととあり、「神鳴りの土地」なるダージリン

†

英書売る店ありたればペンギン版『インドに生きしイエス』を買いき

「磔刑前そしてその後の知られざるイエスの生」と副題のあり

テラスに来て書を読みおれば中年の英国女性に話しかけられ

その本を私も読みましたインドにてイエスの生きしは真実、と告げらる

主イエスの化身がインドにおられます下記へ行かれよ、と紙片渡され

ペンギン書はイエスを「史的菩薩（ヒストリカル・ボディサットバ）」とする教団あること記しおりにき

†

広場に来、案内所（インフォー）をさがしシッキムへ入境手続次第をたずね

坂の道あゆみて上下行き来せし地方事務局、外国人管理局

「許可」をとり夕冷えせまる街並みへ疲れてもどれば家の灯ともる

宿近き「老修道士」店に寄り年代もののラム酒を手に入れ

二　シッキム州

1　ペリン市

［シッキムの桜］

稔り田の窪地に枝をひろげたるシッキムの桜花ざかりなり

板葺の家(や)の庭にたち紫のサロン巻く女さくらかげにて

山間の十一月を群れて咲く黄花の水仙に碧空(あおぞら)がある

仏塔の白塗り剝げて陽のまほら棕櫚と小旗と小僧たちたり

†
宿をとり窓をひらけば真向かいにカンチェンジュンガ連山立つ見え

［レプチャ古寺］

丘の上にレプチャの族建てし古寺ありと告げられジープに訪う

来る人も少なき建立三百年レプチャの寺と言いならわされ

風も好し日なかの草地とおりきて白い幟をひるがえしおる

四面なる三層の塔背をひくく陽の照りかえる谷ぎわにあり

歳月にゆがみたる塔二基ありて赤きと白きが崩れゆくなり

苔むして日陰にのこる灯籠の火袋の中より草這い出で来

尊像を拝し二階に展示さる書画のいくばく観て帰途につき

†

ひともとの芭蕉繁れる側らを拓いて人の住む地あるなり

竹を編み造りたる壁の家なりき赤子背負いてレプチャの母立つ

2

都ガントク

二階から丘に寺院の塔みゆる坂多き町車多き道

公園の坂に応援の人ならび「がんばれがんばれ（ジンダバー・ジンダバー）」とマラソンを送る

大きなる仏塔かまえて寺建てり若き僧らはしずかに歩み

木の下に憩いてあるは褐衣せし幼童の僧はにかみて笑む

背高き赤の幟がしおたれて陽なかに無念なる時ありき

†

寺道を登りてきたる驢馬の背に咲きそろいたり霜月の桜

シッキムのさくら詠いしたれかあるレプチャの人の倭(やまと)へもち来と

［ポドン村］

とつぜんの篠突く雨に襲われてバケツの水をかけられし如

シッキムの驟雨のかつて見ざるものずぶぬれになり宿にかけこむ

いっときの通り雨ゆきすずしきは青空のもと白雲の浮く

刈稲を棚田に置いて秋深し草の紅葉が畦道にある

†

前山を登りてゆけば谷間より五色の旗が顔いだしたり

山の窪に静める寺は現れて老いたる僧の庭清めおる

獅子二頭山門を護り座したるが共に「阿」の口ひらきおるなり

本堂の奥なる読経の室にきて黒地に白・黄・朱の画を拝み

紅(くれない)の葉いろわずかにまじえたる乏しきもみじの林をくだる

相乗りのジープで来たる田舎路(じ)のポドンの村に一泊せりき

［ルムテク寺］

シッキムが世界に誇るラマ寺院と聞き早朝のルムテクにむかう

広大なる敷地に建物めぐらせて「ルムテク法輪センター」はあり

仏教を芸術・文化あわせもつ総合表現とする信念をもち

豊饒なる仏へ帰依の証しとて黄金の釈迦に人ら伏したる

3

カリンポン（シッキムを出てレプチャの里）

ガントクを出で素朴なる里に入りレプチャのいとなむ宿に荷をおく

帳場には初老のおみな立ちおりて背後に竹の食器棚見ゆ

レプチャ博物館いかに行くかと尋ぬれば、娘をつけてやると言われたり

†

博物館に来れば管理人鍵をもち外出中なり帰りも知れず

この近くにレプチャの僧院ありという、英語のできる同伴者なり

かげりたる林の小径ぬけゆけば白い小花の蘭咲いており

少年は部族の章か線のある赤い鉢巻しめて駆けゆき

裏手よりくずれかけたる門を入り一六九〇年建立のレプチャ寺に着く

［レプチャ寺の僧］

金泥に塗られし仏金色の衣をまとい紺の螺髪なり

阿弥陀像白き姿に在したる背後の雲に人ら彫らるる
いかなれる天尊なるか髭はやし琵琶抱えたる姿描かれ
背景の青海に白い花浮かせ神像は黄色の虎皮に座す

†

死者の霊四十九日は家離れず迷いてあるを導く人ある
雑然と仏具おきたる奥の間に居つきし僧か霊をあやつり

［レプチャ物語］

宿にもどり亭主のレプチャ物語りめずらしきことども聞かされき…
古よりわれらの竹とともに生き家をも家具も竹細工なり

弓矢もて対岸(きし)に糸やる技あれば竹の大橋つくることができ

竹の花めずらしく咲かば竹枯るるその実によりて酒造るならい

昔むかしレプチャは優れた壺作り強固なる壺つくりて積みき

積み重ね天にとどかん寸前に崩れて落ちてしまいたりけり

職人の頂上なる者最下の者たがいに言葉とどかざればなり

この壺の破片は今なお西方のタロソプルタムより出土する

汚れなき最高峰の処女雪より神は一対の始祖つくりたり

カンチェンジュンガ一〇八峰、レプチャ一〇八氏族の出自としてある

カンチェン山われらが氏(うじ)の誇りなり霊と魂とのよりどころなり

人死すれば魂あくがれいでてきて神在す高嶺に還りゆくなり

インド人花の名前をもたざれどわれらすべての花の名を知る

レプチャ人嘘をつかない、レプチャ語は嘘のない言葉と言い伝う

はるかなる太古のヒマラヤ花にみち稔りゆたか、と語りて終えぬ

†

明朝の出立を告げ媼には「妻問い婚」をさぐりて問いき

チベットやラダック、キノールにあるならんレプチャの伝統になし、と答えられ
兄死すれば嫂（あによめ）をとる慣わしはわれらに古くよりあり、と言う
多夫婚はヒマラヤ一帯にかくれたる慣わしなり、と話されたりき

三　アッサムへむかう

1　トリプラ州アガルタルに入る

凍てつけば粉雪となるか鄙にきて宿泊カードに父の名書かさる

朽葉焚いて道に煙する静けさや後ろ姿のみ見る国境い

小高きに赤く尖りて塔あれば人ら坂道を教会へむかう

行く人にメリ・クリスマスと声かけられうなずき返す、異郷なるかな

十字路に乏しき電飾の灯ともりぬ北のちまたの降誕前夜祭

†

真竹多く芭蕉いろ濃き山の峡われらに似たる鼻低きひと住む

竹編んで高垣かこう竹の家に幾代ありてかひそかなる暮し

竹を編み敷いて渡せる竹の橋かたむかせつつひとは行き交う

川なかに赤馬の屍よこたわり幾日水漬くか腹いたく肥ゆ

2　メガラヤ州シロンの朝

昨日からカーブつづきの山道に夜ゆくバスとなる一八時間

眠らんとすれば座席からふり落さるスーパーデラックスという車体なり

州境いを越えて明け星の町へ来ぬ灯もなき道にひとり降ろされ

ホテルだと教えられたる建物に近づいてみれば消防署なり

四　アッサム州

1

旧都グァハティ

［ドライデー］

年の瀬はいずこもおなじ足早に人は各おの家へゆくらし

改築中のもの乱れたる一室を貸すと言われて借りるとしたり

禁酒日（ドライデー）なりと聞かされウイスキー、ビールいずこと街をたずねき

†

ディマプール、コヒマ、インパールと夜行バス呼び込む声にふと涙わく

往にし日のビルマ戦線のびゆきてコヒマ・インパールにいたりしことを

真夜中にドンと爆竹の音走りま近に新年の喚声あがる

この先はテロの活動などありてしばしば実力行使をみるという

［ブラフマ・プトラ河］

遥かなる岸にま白き砂州を敷きゆるやかにゆく「梵天の子（ブラフマ・プトラ）」

木造の渡船に運ばれ対岸の青空のもと砂上に立ちき

藁の肉腐れたるさまうち曝し砂に崩れる数体流れ着く

野犬きて頭（ず）を低くさげ屍（し）に寄るはあたかも己が餌を見出だしたる

急斜なる石段のぼれば祠ありて背高き椰子が二本立ちたり

木の蔭に口開く象鼻をあげ桃色の肌の吉祥天に添い

訪れる人とて稀な寺にきて左廻りの一巡を捧ぐ

［野遊］

大鍋を野に煮炊きして厚き葉に盛る華やぎのひとしきりなり

芋の葉の繁りたるなか案山子（かかし）立つ黒づくめなるを顔白くぬられ

斧さえも反（かえ）す堅きを掘りおこし黒い根のこぶ粗朶木にけずる

黒豚の太きが沼に足掻きおり小牛のごとく猛だけしかり

［機織る家］

白銀の糸の流れも光りつつ繭匂いたつ機（はた）の屋に入る

尺ほどの角材に巻く糸を引き三人がかりの絹織りにてあり

糸紡ぐ老人、巻きてとる子供、土間にたむろする一家なりにき

腰巻に首飾りしたる狼の道化たるしぐさ画きたる絵もあり

山繭を紡いで織りしショール一枚記念に買いて掛けて寝てみき

［女人の旅］

女（おみな）らの車座となる央（なかば）には一本の燭夕やみにゆれ

低い声に何ごとか宣る少女あり髪を乱して訴うる如

双の手をなびかせ己が膝を打てば体は前後左右に揺れる
ひときわの身振り激しく霊降りて短き言葉をあえぎつつ吐く
女らはひたと身を寄せこもごもに問いかえしおり闇の中にて
双手挙げ巫女はその場にくずれたり霊去りしかば気を失いき
頭上より水振りかければ覚めたりき虚ろなる目に髪くしけずる
大きなる風呂敷包みめぐらせて男を交えぬさすらいの一群

2　テズプール市

霧の中にブーゲンビレア咲く街は今朝すこし冷えて衿巻の人

血の町（テズプール）と名付けられたる土地に咲く花花をのせ車曳かれゆき

道ゆく人はたらく人のゆるやかな時の流れる街にきたりし

チャイニーズ・ホテルなる名の中華屋のトマトスープに鶏卵（たまご）溶いてもらい

［伝説の地］

クリシュナと土地の王家の戦いて野を血に染めし跡の遺れり

なだらなる野はかなしかり戦場（いくさば）に土地の王父子血をのみのこし

†

日輪は火だすき曳いて落ちかかりブラーマプトラの渡しにぎわい

日落ちれば中州に焚く火燃え立ちて黒き鳥影かずそいわたる

森の闇に黒い魔術のありという、運命を転ずる呪薬もひそみ

黒い鳥翼ひろげて墜ちたるを占うすべも伝わりてあり

［野焼き］

向かいたる額(ひたい)を朱もて染めたりしがやがて紅蓮につつまれたりき

黄なる火青い火巻きて昇るとき肉焼く臭いあわあわたち来る

縁者らの茶をくみかわす輪の中に招かれ火近く宵冷えを避く

ようやくに火勢おとろえ現れて頭蓋ひとつは猿のごとかり

ひとひとつ燃えつきるさまを呆然とおもうともなくながめおりにき

［象祭り］

霧のこる茶畑の間を装いして象ら巡行する祭りの主役

朱紺緑と額いろどる母親に寄りそう仔象はつたなく歩み

象の目のかく小さくて鼻長し土に着きたるなお余りあり

白い牙上むきしとき禍禍し鋭く尖りて反りをもちたる

一列の横隊六十五頭なり乗手は紅緑二色旗を掲げ

いっせいに駆け出だしたる象の列いくさ擬したる陣立響む
†
滔滔の大河流れる平地に来辺境の沃野をゆく旅なりき

雪蔵のなお続きたり、北方は未開とあらば行き難きなり

〈エピローグ〉印度幻想曲

1

野生の孔雀

はるかから汽笛ちかづく夕木立野生の孔雀群れて翔びたつ

粛然と全山燃ゆる雨期前の斜面つたいに火の鳥は渡る

振り魔羅の行者一群わらわらと榕樹の蔭を駆けぬけたりき

田園に一瞬の沈黙ありてのち一ツ眼の魔神没しゆくなり

万の舌夕方まけてさやさやと千古の祖の物語りする

供犠の火の煌煌と河を照らすとき亡者の舟は闇へ逃るる

†

蜂巣の花白くうきたる沼に眠る鰐ののみどの奥なる深淵

雪蔵より放たれし神地にくだりガンガーは秘せり一頭の鰐

燭のもと鉦と鼓につれたちて人形は人形を殺しおわりぬ

石組の寺院回廊に閉ざされて千の獅子馬不意に立ちたる

花火打つ冬の夜空を象がゆくマハラジャの裔は白馬にてゆき

駱駝隊象牙を積んで黙黙と幻楼に入り魔に呑まれたる

2　辻の女神

一の手に血刀二の手に生首を掲げて風まく辻に立つ女

三の手と四の手は血糊を塗りこめて翳せば朱の舌ながながし

いま断ちし男の首より滴れる生血を傍の野犬が啜る

カーリー神シヴァの胸より生れ出でていずれの家の厨にも棲み

3　終の神神

ひと塊の何神たりしか肉亡び組みたる竹の骨くだけしは

祭終え水に横たう累累の神属のものら口噤みたり

肌さむく池のよどみの藁人形身を崩しつつよりあいて居り

四臂の女神蓮池を背に佇めり首なき体は想い明かさぬ

腕なくて顔傷つきて微笑むは髪凝りたる吉祥天の姿

背は裂けて聖獣ならん飾りたる牙くだけたり横転の象

朱と藍と金を織り交う布地ありつづれとなりて苔に帰しゆく

竹と藁と土の生みたるうつせみの霊離れゆけり雪蔵の界

4
シヴァ讃

あなたがなければ宇宙に創造もなくそれは耀くこともない
あなた以前に悲しみなくあなたが破壊せし後にそれはない
白きヒマーラヤの峰に忿るあなたの雷鳴を現代人は聴かない
偉大なる第三の眼で私共をシヴァよどうか射ないでください
脚高く蹴上げて笛吹き踊りつつ世に現れ出でたるシヴァのみ姿
在るものの全てを滅びに導きてたぐいなき美男にいますシヴァ

『雪蔵より』への地理付図

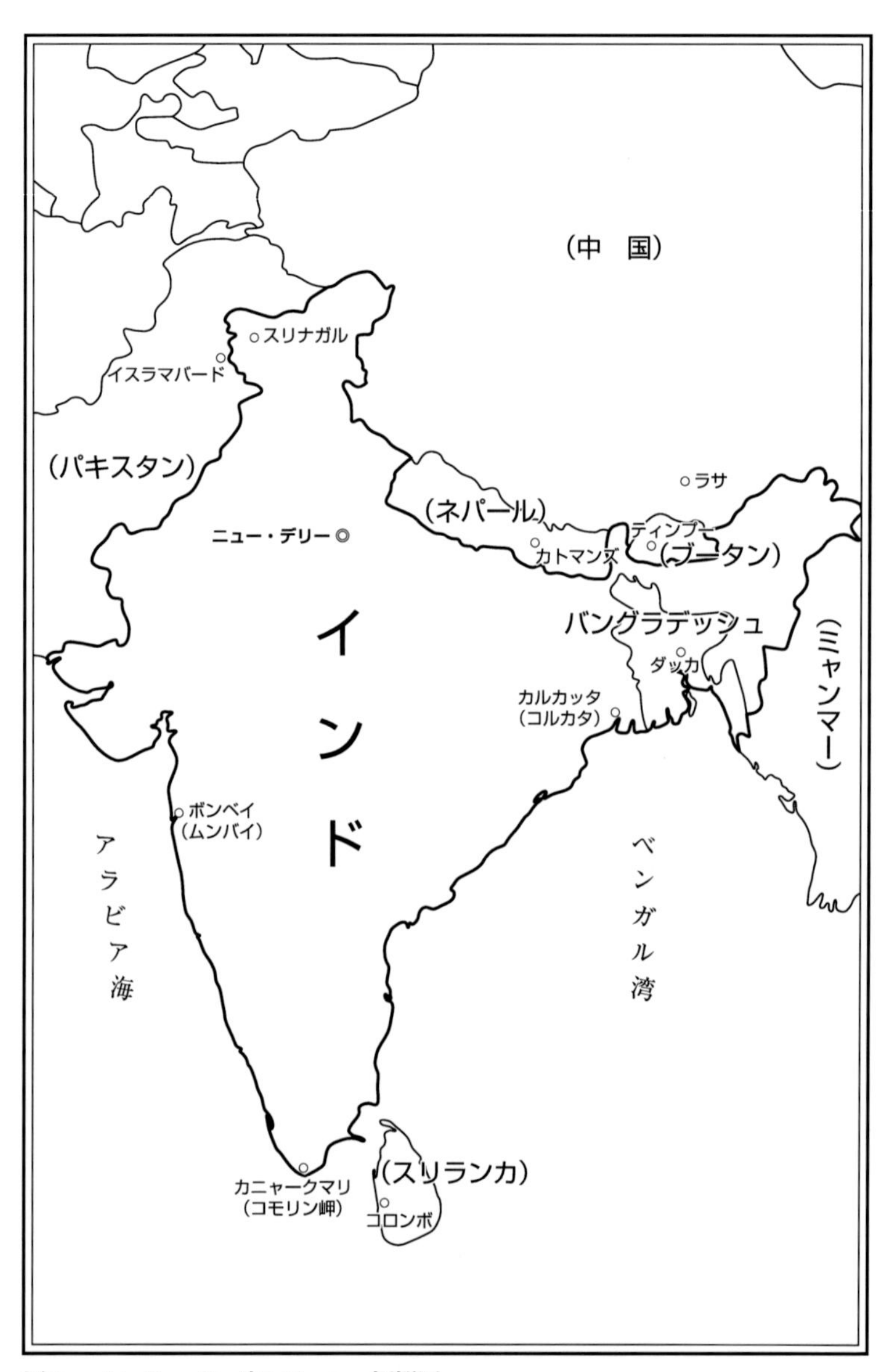

図1　インド、バングラデッシュ概観図

図2　インド・ヒマラヤ旅行地図　第1回ルート（チャンバ〜シムラー〜カザ）、
第2回ルート（途中まで）（レー〜パドム〜レー〜シムラー）

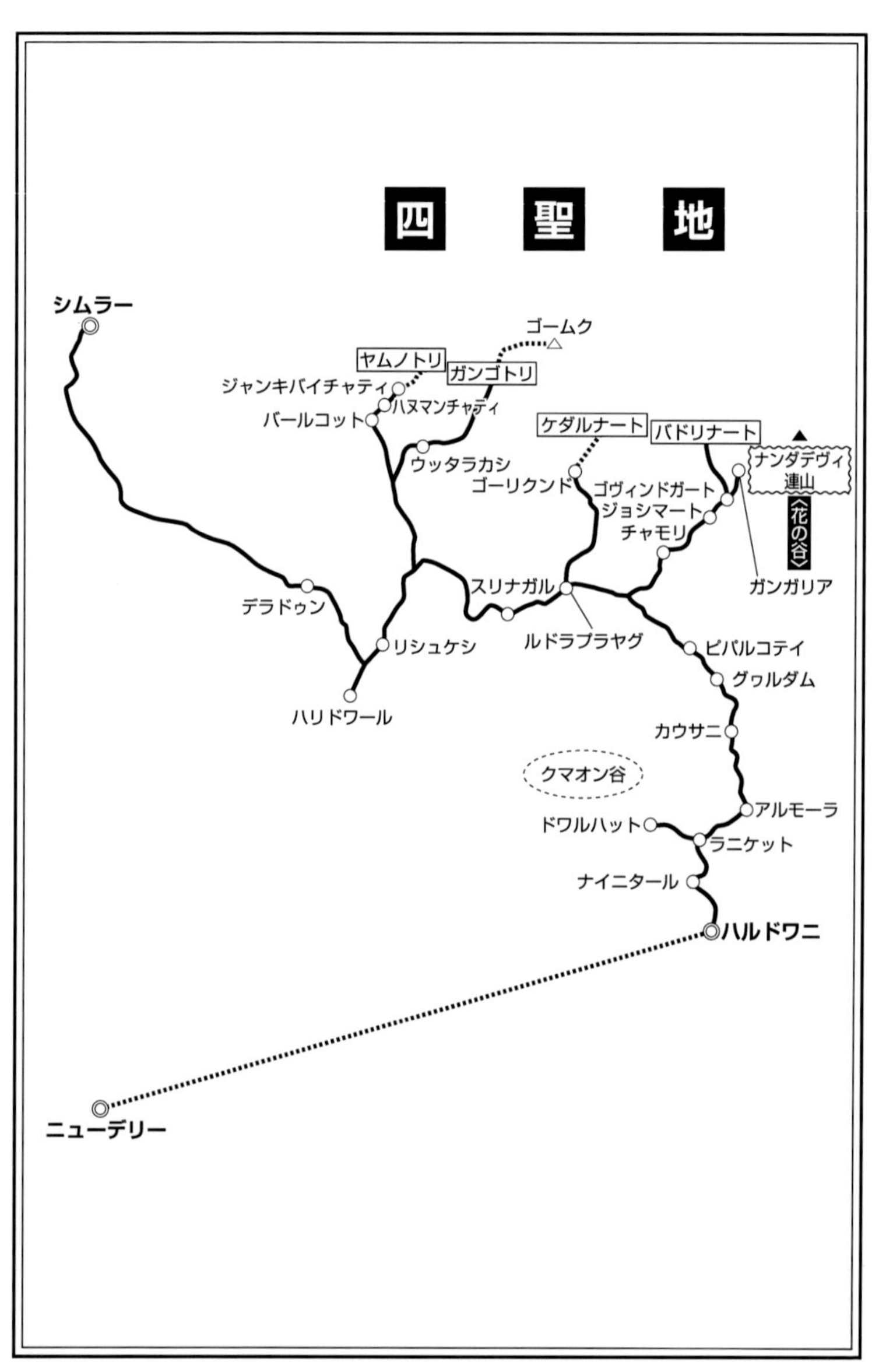

図 3　インド・ヒマラヤ旅行地図　第 2 回ルート（つづき）（シムラー〜四聖地〜花の谷〜ハルドワニ）

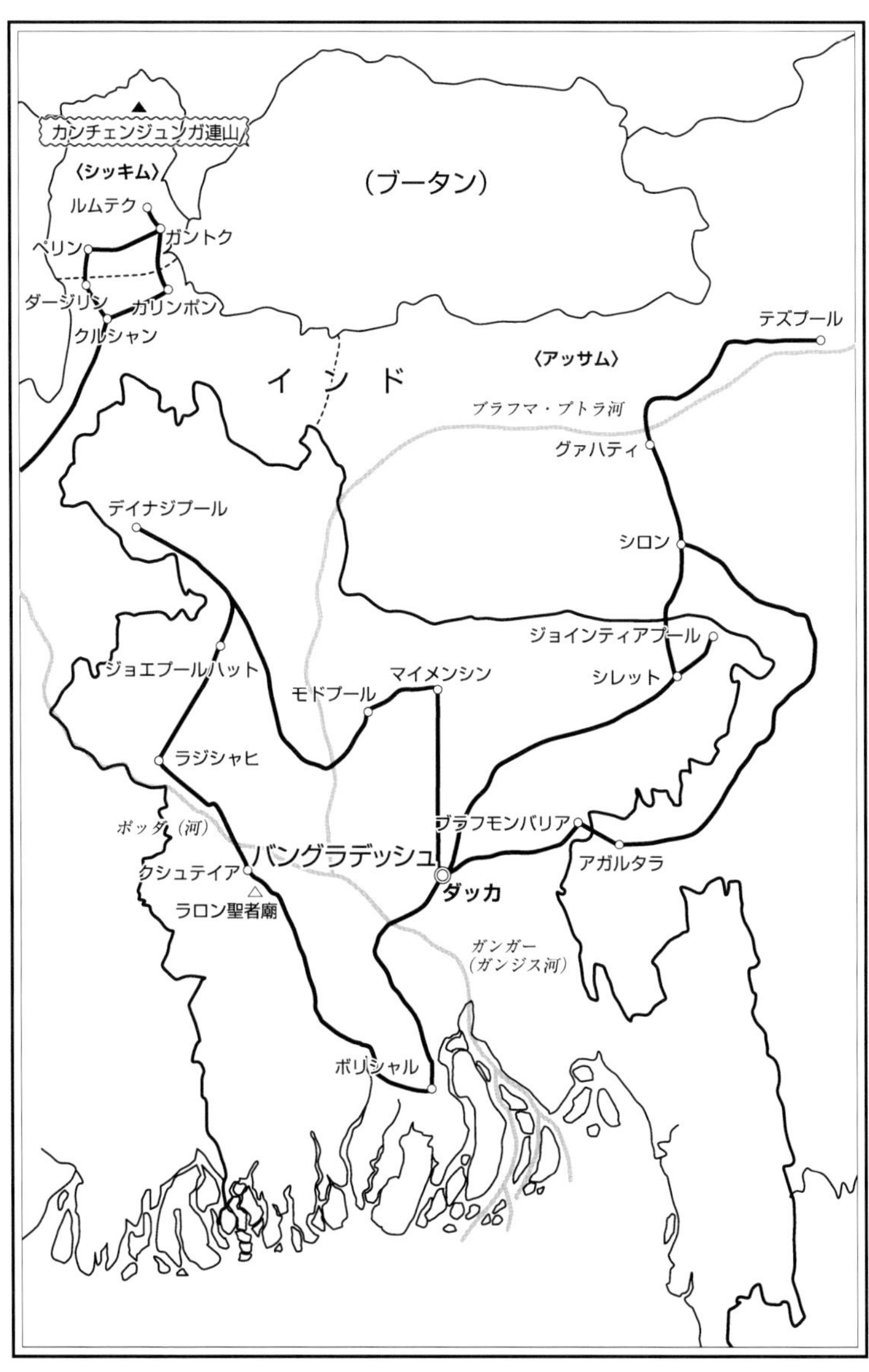

図４　バングラデッシュ、インド・シッキム州、インド・アッサム州
旅行ルート地図

後記

「ものすごい静寂が星ぼしを集め、黎明がくる」

尾崎まゆみ

雪蔵とは、ヒマラヤ山脈のこと。『雪蔵より』は、旅行詠のみの歌集。旅を丁寧に詠み、短歌によるヒマラヤ紀行ともなっている。憧れをいだいてもすぐには行けない場所の光景に、状況と心情を鮮やかに閉じ込めて短歌となすためには、その場所への思い入れとエネルギーが必要だろう。旅行詠だけを収めた歌集といえば塚本邦雄著『ラテン吟遊』が浮かぶけれど、かなり珍しい。ふつうは、歌集の一部分として旅行詠が入っている場合が多い。

そういえば、やまたいちさんは、「玲瓏」に参加されてから、途切れることなく旅行詠を発表されている。短歌はいろいろな場面を見せることができるので、偶にはやまさんの旅行詠以外の歌も読んでみたい。旅行記として短歌を織りまぜながらエッセイ風に綴ることもできるのになどと、心の片隅で思いながら、そうは思っていても、私が行けそうもない秘境を辿る旅の短歌は魅力的。毎号誌上で会えるのを楽しみにしてるので、今回歌集となり、まとめて読めるのはうれしい。

明方にむけてものすごい静寂が星ぼしを集め、黎明がくる

本書には、二〇〇〇年のチャンバからシムラー経由の、トランスヒマラヤ山脈の襞あたりへの旅から、二〇〇六年から二〇〇七年一月にかけてのアッサムの旅までの短歌が、一一〇三首収められている。秘境へのかつての旅を、再び短歌によって蘇らせる。初校が送られてきた時、やまたいちさんにとって、たぶん短歌は必然なのだろうと思いながら、まず読者として、まとめて読める幸せに浸った。

短歌がやまたいちさんを選んだ。その必然の一端が垣間見えたのは、二〇一八年九月発行の『玲瓏』九八号に掲載された「雪蔵の歌」（本書では「雪蔵Ⅱ」。なかでも佳品ぞろいの「マナリ街道をシムラーまで」）のなかに輝く「ものすごい静寂が星ぼしを集め」の一首に出会った時。星々に見入る敬虔なまなざしに圧倒され、「黎明」とはこの世界への祈りのようで、思わず歌の前に長く立ち止まってしまった。二度目のヒマラヤ行だから実感できた静寂なのだろう。短歌にしか託せないという思いが、定型をはみ出して迫ってくる。

私が出会った感動的な静寂は、旅の三分の一を過ぎたあたりにある。静寂に出会うまでと、出会ってからも続く旅の歌の魅力。歌集を読みながら、探ってみたい。

「雪蔵より・Ⅰ」

ラヴィ川を遡上する

馥郁と香を放ちくる古木ありてバスあえぎつつ山道をゆく
新緑に湧きたつあたり辛夷(こぶし)咲き 紅(くれない)はロードデンドロンの花
ラヴィ川に獲る身の細き魚なりフライに揚げて売りておる店

ヒマラヤをめざす

眼の下に細りたる水追いつめて雪のはざまに消えゆくを見き
蒸し餃子をビニール袋に入れさせて人なき道ゆき猿に奪(と)らるる
青と黄の色に染まって降るごとく昇るごときは万の夜の蝶(パピヨン・ド・ニュイ)
この先は雪を蔵せる山なみと底なし谷を穿ちたる界

ヒマラヤに入る

蛇(ナーガ)すなわち水の神にて火を治む、新社の門は竜(ドラゴン)彫られき
樹も生えぬ岩山の峡へ行く道に低き門立ち守護神画かる

キノール谷を遡る

妖怪か人をか入るを阻まんと結界したる跡ののこりて
徐行して落石ありし道ゆけばいまだ近きに砂煙たち
ダライ・ラマかつて法要おこないし古刹の庵に茶を振舞われ

スピティ谷を行く

白い顔(おも)赤い顔(おもて)に思惟のあり黒い顔青い顔には忿(いか)りの相が
ユーラシアに人の住みおる最高地ここ海抜の四千メートル
茶に招かれ民家の二階昇るとき息けわしくて立ちどまりたり
雪溶けに青罌粟(ブルー・ポピー)の花見んとひとに告げたる故もあるなり

二〇〇〇年のトランスヒマラヤ山脈の襞あたりへの旅は、チャンバを流れる渓流ラヴィ川をさかのぼり、さらに奥地へとゆく旅。バスは坂道をゆき、異国の風景の中で、懐かしい辛夷の花の白と、ロードデンドロンつまり石楠花の紅に、作者の郷愁が垣間見える。食べること、歩くこと、猿に奪われた蒸し餃子、庵、茶。日本の日常を思い出させてくれる馴染みのものが効果的にあらわれて、読者がイメージ

を共有できる旅路の生活、たとえば茶に招かれて民家の二階へ昇るようすなども織り込まれ、作者と共に旅をしているような気分。ごく自然な感じで歌集の中の世界に入り込める。

水は追い詰められて雪の狭間に消え、この先は、雪の山脈と、底なしの谷。ヒマラヤに入るとそこは神の国とされていて、竜が彫られた門、結界の跡を過ぎ、ダライ・ラマの寺へと分け入る。海抜四千メートルの世界の空には、青と赤、そして黄色と鮮やかな色が乱舞する。

旅行は、非日常だが、歌集一冊がまるごと旅の歌ならば、旅が日常。矢継ぎ早に変わる風景と、心情の変化を読み進むうちに、私自身の意志で、ヒマラヤを目指しているような不思議な感覚に包まれてゆく。

「雪蔵より・Ⅱ」

首都レー

はつかなる金ふくみたるラピスラズリのペンダントを量るチベット商人

ヌブラ渓谷へ

屋敷みちポプラの影にまもられて夫婦二人が作業のときなり

綿布織る糸の流れの数百本経（たて）に曳きたる傍（かたえ）に座す夫（つま）

ザンスカル盆地へ

爪引きて張りをたしかめおりたるを糸のもとへと伝えゆく妻

日本の大学グループ茶を飲みつつ多夫妻婚（ポリガミー）の研究を語る

二〇〇四年八月、ダライ・ラマ十四世が、チベットを追われ仮住まいしたレーという都市から、東方へバスなどを使って移動する。三千メートル前後の地を縦断するという感じだろう。

読み進むうちに、ヒマラヤの雰囲気や景色にも慣れて、様々な生活を営む人の姿が生き生きと見えてくる。ペンダントを売る商人、久しぶりに出会う日本人グループなどもリアルで興味深いが、「ヌブラ渓谷へ」の「糸の流れ」と名付けられて大切に置かれている三首に惹かれる。三首一組のような作り方も、そこに住む夫婦の歌に動きを読むのも珍しい。魅力的な光景だったのだろう。ポプラの影にまもられて夫婦が綿布を織る。夫婦がそれぞれの役割を果たすことによって織り上げられる綿布。糸の張りを確かめる歌に、ふと作者の深層にある妻への思いがあらわれて、心に沁みる。

山柿のみのる野の道たどりゆき「ヒマラヤの画家レーリヒ」記念館に来つ　クル
魁偉なる山の夕景描かれて紫あつく塗りこめられたり
明方にむけてものすごい静寂が星ぼしを集め、黎明がくる
万年の雪を蔵して大自然は曙と落日にもっとも輝き
峠道を歩き疲れて青いケシ黒いトリカブトの燐光を見ん
ヴェーダの語る妙薬すら真相を秘したるヴェール、象徴にすぎぬ
神薬は雪蔵の奥深く秘められる、幻想に惑わされてはならない

クルの「ヒマラヤの画家レーリヒ」記念館を訪れてからの一連は、もっとも精神の高揚感が伝わる。

ドイツ系ロシア人ニコライ・レーリヒは、ヒマラヤの奥地にあるという理想郷シャンバラを見たのでは

ないか、とも噂されていた、哲学にも造詣の深い画家。

　レーリヒが長くこの地にとどまって描いた（紫にあつく塗りこめられた）神秘的なヒマラヤの夕景に触発されて、やまたいちさんの見たヒマラヤの尾根に架かる星々が、混然一体となって輝きを増し、「黎明」の歌が生まれたのかもしれない。雪蔵の荘厳を歩き続けるとは、太陽の強烈な光と薄い空気によって色彩感覚が、研ぎ澄まされるということ。空に近い場所の澄み切った色彩の尖りと、ニコライ・レーリヒの絵に触発されて高まる、言葉で描くことへの思い。やまたいちさんの見た明け方の「ものすごい静寂」はすごみを帯びた紫だろう。「ものすごい」という口語の破壊力がぴたりと嵌って、星ぼしはものすごい光をはなち、雪蔵の夜明けも凄みを帯びる。

　ヴェーダは「知識」という意味。最古の古代インドバラモン教の聖典の名前でもあるらしい。「象徴にすぎぬ」あるいは、「惑わされてはならぬ」の歌には、理想郷シャンバラを見ていたのではないかと思うほど、ヒマラヤの幻想的な風景に魅入られて、長く立ち止まる作者の姿が在る。色彩のとがりは、有毒の証。ケシやトリカブトのあざやかな燐光を重ねる色彩の捉え方にもドキッとする。

　シヴァァの聖地
シヴァ神の邑（さと）に入るとき突然に右腿の筋に激痛はしる

　ヴィシュヌの聖地
無事とだけ書いてよこせと諭されき今日一便をしたためており

　ゴヴィンドガート
バケツの湯二〇ルピー出し運ばせて幾日ぶりか体を洗う

　グヮルダム
陽傾く彼岸桜か満開に枝荒れ放つ野性を見せて
影どものながくみじかくゆれるときかくれ酒する、人は見ざりき

ナンダデヴィ連山七八〇〇メートル、朝雲たちて間近に見ゆる　カウサニ
生きものら秋から冬の一刻を深い霧のなかに身づくろいする　ラニケット
平野めざす鉄路いくすじか這入りきて黄色の花が構内に咲く　ハルドワニ

ヒマラヤを下りるとにわかに「無事とだけ書いてよこせと諭さ」れた人の存在が大きくなる。旅の終わりの町ハルドワニへの行程は、異界から日常への過程だろう。体を洗い、なつかしい彼岸桜に野生の猛々しさを見て、禁酒を守らなければならなかった聖域からの帰還に備える。深い霧の中で身づくろいするのは作者であり、ここまで読み継いできた私でもあるので、鉄路と、構内に咲く黄色い花を見てほっとするのも私。それまでの異界を彷徨っていたような酩酊感も懐かしいものとなる。

ふたたび旅ははじまる

混沌と行方のしれぬ日のつづき脱出せんもかなわざる日日　バングラデッシュ（十一月ストライキ勃発）
真竹多く芭蕉いろ濃き山の峡われらに似たる鼻低き人住む　インド・トリプラ州（アガルタルに入る）
雪蔵のなお続きたり、北方は未開とあらば行き難きなり　インド・アッサム州（テズプール市）

そしてバングラデッシュでは、二〇〇六年十一月のゼネスト勃発に遭遇し、内戦惨禍はまだ終わっていないことを実感。芭蕉の色濃い郷愁を掻き立てられるような場所に、私たちに似た人々を見出す。さ

らに旅はアッサムへと続き、「印度幻想曲」をエピローグ的に配して本書は終わる。

何故ヒマラヤを目指したのかという問いが生まれ、その答を探しながら初校に一通り目を通し終え、圧倒的な存在感をもつヒマラヤという異界と『雪蔵より』のもたらす酩酊感に浸っていた時期に、やまたいちさんとお話しする機会があった。その時、ご自身から亡くなられた夫人が、生野俊子さんだと伺い、軽い眩暈をともなった驚きに包まれた。絡み合った糸がほぐれ始めて、この歌集の意図（問いへの答）が見えてきたような気がしたのだ。

生野俊子さんは、一九五八年第四回角川短歌賞を受賞された「未来」所属の歌人であり、翻訳家としても有名。それだけでも素晴らしいのだが、昭和という時代に英語とタイプライターを習得。宣教師のもとで働き、のちにアフガニスタンに渡るなど、戦後女性の生き方の最先端に位置していた私のあこがれの女性歌人の一人でもある。幸い、手元に角川短歌賞受賞作をまとめた冊子があるので、その中から五首、作品を紹介したい。

車庫の前擬宝珠咲きぬと告げたきにエリー湖畔のいずこに居らむ　　生野俊子
壁の上に朝々仰ぐ言葉あり異教徒としておのがまま讀む
わが未來に向くごとくして朝々をガス蔽う街の空に向き歩む
教會に一度ゆきてより　頼られて働く日々の何うしろめたく
躓きつつ廣告係つとめ來て宣教誌ファイル五冊たまりぬ

受賞作「四旬節まで」の繊細な抒情はいつまでも初々しく、瑞々しい。教会で秘書として働く様子を淡々と描きながらも、自立した女性の働く姿が生き生きとあって、異教徒として「四旬節」を過ごす哲学的な思考の深まりへと読者を誘う。

生野さんの作品から伝わる異教徒として教会の広告にかかわる思いは、『雪蔵より』の魅力の源にあるやまたいちさんの思い。生野俊子さんの名前を聞いたとき、異教徒として、インドからヒマラヤを目指して、奥地（神々の住む神聖な場所）へと歩みいり原初の人の思いに触れようとする作者の姿は、異教徒として信仰に接した生野さんの姿とかさなるということに気づいたのだ。ヒマラヤの向こうには生野さんが長く滞在していたアフガンもある。この歌集をまとめるときやまたいちさんは、人生という旅路で出会った生野俊子さんと、短歌を通して再び会話していたのかもしれない。通奏低音として時折あらわれる水音は、その心の交流を伝えているようで、胸に響く。

「雪蔵」が水（記憶）を氷らせて永遠に閉じ込めているように、歌集に人生という長い旅路への思いを閉じこめているからだろう。『雪蔵より』を閉じると黎明の静寂と、荘厳なる愛が周囲をみたす。

白きヒマーラヤの峰に忿るあなたの雷鳴を現代人は聴かない

シヴァ讃

（おざきまゆみ　歌誌『玲瓏』選者・編集者）

「雪蔵」の道をゆく

やま　たいち

　この歌集は、私の旅の歌を集めたものである。六〇代から七〇代、断続的ではあるが、かなり長期にわたり憑かれたように海外を放浪した。その中から、インド・ヒマラヤ、シッキム、アッサム、と隣国バングラデッシュの歌をまとめて一冊とした、千百余首である。

　インドの旅は、調べてみると最初が一番長く、凡そ五か月をついやしている。その後のものは、大体三か月程度である。上海から成都へ上り、そこからチベット、ネパール経由で、インドのビハール、ボドガヤあたりからカルカッタへ出るというのもあって、これは少し長い。

　一月中旬に出発した第一回の旅は、デリー・インでまず南方のアラビア海まで下り、次にカジュラホ、ベナレスの内陸に向っていた。四月に入って、この辺は蒸されるような日中の気温になっている。地図を見れば一目のことだが、横長の国ネパールが、ヒマラヤを抱えこんでインドにせり出した地形である。インドもこの辺ベナレスは一帯がガンジス平野で、山地というものが全くない。冷たい空気をもとめて、西北へ脱出しようとしていた。

　「鹿野園」という呼び名のある釈尊・初転法輪の地、サールナートへ人力車で詣で、その晩、ベナレス近くの駅から夜行列車で、西の国パキスタン国境に近い北方のアムリトサルに向った。

　アムリトサルで二日ほどすごし、ヒマラヤに近いパタンコットへ汽車でさらに三時間ほど入る。パタンコットからはバスで、朝八時に発ち、途中のり換えがあって、目的地ヒマラヤ山麓の古都チャンバへ午後一時すぎに着くことができた。この山道をバスでゆくチャンバ入りの場面が、歌集『雪蔵より』の冒頭部である。チャンバでは辛夷と石楠花が満開だったが、谷ひとつ奥のブラモールに入ると、まだ林檎が花盛りであった。

　盆地のチャンバに流れでるラヴィ川を遡る沢登りでは、山法師の白い花を満面につけた枝が透明の水面にまで降りてきて、ウグイスさえも鳴いている。暑さからの逃避行ヒマラヤ入りは、充分に成果が上がったと言えよう。

チャンバから帰路をダルージー、ダラムシャーラとたどり十字路のシムラーについたとき、帰国便までまだ二〇日ほど残している。右に下りればデリーに帰ってしまう。まっすぐ行くのは、本格的なインド・ヒマラヤで、日数も準備もたりない。そこで、左に折れて、密教の聖地と言われるキノール・スピティ谷奥の秘境、タボ僧院をめざすことになった。

タボ僧院を過ぎ、谷最奥の市カザのオールドタウンに滞在したとき、この先のクンザン峠越えで谷の向う側に出、道の良いマナリ街道を使ってシムラーへもどる構想であった。ところが、雪が例年より深く、なかなか峠が開かない。やむを得ずここで途を引き返すというのが、第一部〈雪蔵より・Ⅰ〉の結末である。

＊

このあと、数回のインド内陸と海寄りを旅するなかで、〝ヒマラヤ縦走〟（バスに乗って！）ということを考えていたが、実現したのは四年後になる。出発点は、第一回のチャンバよりさらに北寄りのレーという、これも古来の都で、チベットとカシミールを結ぶトランス・ヒマラヤ交易路の重要な拠点であった。このときのデリーからレー入境までは、空路を使っている。

そこから前回、カザ往復の基地となったシムラーに出、今度はまっすぐ東に向い「四聖地」「花の谷」を巡る。

四聖地とは、ヴィシュヌ神・シヴァ神・ガンガー・ヤムナーを祀るヒンズー教の四つの聖所である。ガンガー・ヤムナーは河であるが、聖別されて神とされる。なお、ガンガーはかつてはガンジス河と呼ばれていた。

その後、下りがちに二、三千メートル級の谷を縫うようにして町や村に泊ってゆく。クマオン谷、ナイニタールと呼ばれる地方である。ナンダデヴィ連山の展望は、カウサニが良い。

この辺はネパールの国境に遮られ、道は下り一方となる。ナイニタール湖に着けば、もう駅のある町ハルドワニまで、バスで二時間ぐらいの距離である。ハルドワニからは、デリー行の特急が出ている。ここまでが、第二部にあたる〈雪蔵より・Ⅱ〉である。

＊

つぎの第三部は、〈バングラデッシュ行〉である。バングラデッシュは、もとインドのベンガル地方であったが、インド独立の折にパキスタンと共にイスラム国としてインドから独立している。のちに内戦があって、パキスタンからも独立している。

バングラデッシュは、ヒマラヤの高地を持っているということもなく、ほぼ全域が平地で、雨期には水没してしまうハオル（洪水野）と呼ばれる広い地域まであるほどだ。私がここを旅したのは、インドのアッサムへ行ったときのことで、首都ダッカからまっすぐ北へ北へと行けばアッサムの地に至るという、わかり易い地理に曳かれたものであった。東に向けてヒマラヤがのびてゆくシッキムやアッサムというインド辺境の地を、ぜひ踏んでみたいとの気持がつよかったのである。

当時、まだ独立戦の後遺症をのこしたままのバングラデッシュは、アジアの最も貧しい国と言われたりしていたが、ダッカを出発、最初の市でゼネストに遇っている。だが、この国を歩いているうちに、気持が解れてゆくものがあった。とっつきやすく、話しやすく、また分かりやすいのである。人びとは歌と踊りが好きで、ストライキなんかも裏側が歌や踊りになっているというようなところがある。

バングラデッシュを通ってアッサムを訪れ、帰路もバングラデッシュを戻って来た。

素朴な一弦琴を片手でつま弾きながら、道をゆく腰巻姿の老人がいたりして、懐かしいとしか言いようのない風景にたびたび出会うのであった。この辺は本書作者の心情を自ら汲んで、〈バングラデッシュ行〉を、第三部として残すことになった。同時に、アッサムはここに採らず、次の〈シッキムからアッサムへ〉として〈第四部〉にまとめることにした。

＊

遡って二〇〇二年、ガンジス平野のパトナからシッキムを目指して、ネパールとブータンに挟まれた、地図で見るとせまい山地の旅に入った。坂が急になって、ダージリン手前の町クルシャンに着く。十月末である。ここから、第四部の〈シッキムからアッサムへ〉が始まる。

ダージリンでシッキム入境の手続きをすませ、半月ほど奥地の旅をまた続けることになった。シッキム帰路のカリンポンで民宿のような宿に入り、いろいろ土地の話をきくことができたのが思い出に深い。日本人にどこか似ていると言われるレプチャ人の生活に、わずかだが触れることができたのは収穫だったと思う。後にいろいろ考えることを残してくれた。

　前にのべたアッサムをここへ置いて、〈シッキムからアッサムへ〉とする全四部の構成で本歌集の旅は完結となった。アッサムはシッキムの東であるが、これは前述の弁明の通りで、バングラデッシュから入境したものである。この様に再構された作者の時間で、私の〈失われた時を求めて〉を読んでいただければ有難いと思う。なお、旅行の実際の日程については、中扉の裏に明記しておいた。

　シッキムでは仏教（密教）が圧倒的優勢だが、アッサムのグァハティ、テズプールなどではヒンズー教であったことを付記しておきたい。

＊

インドの「黒魔術」　ついでながらインドの黒魔術について、ここに少し記しておきたい。アッサム州を旅行しているとき、たまたまTVで、「魔女狩り」が十数年前まで実際におこなわれていた、という取材番組を見る機会があった。旅宿に泊った夜のことである。

　ある人物の態度・言語・秘密の祈禱などに、ある特異なものが認められ、その証拠がある数に達すれば、その女性を魔女だと認定することができるというのである。

　ストーリーは、一人の若い男が女性の首を手にぶらさげ、交番にやってきて、魔女が現れたから退治してもってきたというものであった。交番の警官は、こういう場合には勝手に行動しないで、まず交番にとどけることをおしえているようであった。興味本位にみていたら、どうやら教育番組のようである。魔女の実話がいくつかとりあげられて、今はもうよく憶えていないが、面白かったのも事実である。

　黒魔術にまつわる話がもうひとつある。出所は、オーストラリアの出版物で、日本でもよく売れている「ローンリイ・プラネット」という旅行ガイドブック・シリーズの『インド篇』である。

ベナレスは対岸の、白砂の先にある森の奥で、黒魔術が行われているという記事があった。若い女性の血が必要なため、誘拐して、多分殺すのだろうという。日本の女性が失踪しているという噂があるというのである。私が使っていた版だから、二〇年ほど前のものだったろう。日本でこのことが話題になったという話は聞かない。だがローンリイ・プラネット社が、自社の本筋である出版物の中に、根も葉もないことを記事に書くとも思えない。それはともかく、私は、インドで黒魔術（ブラック・マジック）がつい最近まで、実際行われていたとする心証をぬぐいえない。

＊

「雪蔵」について　歌集の書名を『雪蔵（せつぞう）より』としたが、「雪蔵」は「ヒマラヤ」の漢訳だという。ヒマラヤは、サンスクリット語で、「ヒマ（雪）＋アラヤ（住み処（か）、[英] abode)」の合成語と辞書にある。abodeは、英和辞典の用例に「an abode of pleasure（歓楽郷）」の用例があるから、この場合、ヒマラヤはその中に雪が静止して住んでいる家というのでなく、吹き荒れて動き廻っている雪山・雪原全体を雪の住み処ととらえた趣きである。

「雪蔵」の典拠は仏典だというから、三蔵法師の訳語でもあろうか。いい響きがあると思って、この語を書名に借りた。もっとも、私の知る雪蔵は春夏秋の緑に充ちたヒマラヤで、背景に白い屏風が立ち並ぶといった感じの前衛である。

雪蔵があれば、地蔵もあり、また虚空蔵というのもある。これらの蔵（アラヤ）によって起る根源的認識活動を、「蔵（アラヤ）識（しき）」というのだそうである。

＊

存在のかたわら　本書編集中、二首の歌が宙に浮いてしまった。それを作った場所がどこであったのか、わからなくなってしまったのである。その歌の情景を、私はタボ僧院だと思いこんでいたのだが、どうしてもそこからは絵が出てこない。写真を撮らなかったのではないか、と不安が湧く。
シヴァ神、蛇神（ナーガ）と同列に存在する仏陀、そんな絵を置く仏寺・僧院というものが本当にあるのだろうか。自分の作ったイメージとしてこれを出すのなら問題はないのだが、実在の絵としてこれを作品にしなければここは意味がないのである。時がたつにつれてだんだんと記憶に自信がなくなり、この二首を歌集から下ろすことにした。そして代りに二首を、ここに残しておくことを許されたい。それが一番いい解決法だと、今は思える。

シヴァ神は牛の背に座しナーガ神蛇の蜷局（とぐろ）にあるを
　描かれ

この壁の有象無象の界なれば釈迦すら存在の　旁（かたわら）
　にあり

右の二首を本歌集、「雪蔵より・I、五スピティ谷を行く、1タボ僧院」の最後尾に入れて読んでみていただければ有難い次第である。実は、二首は歌誌『玲瓏』九七号掲載歌「タボ僧院とその周辺」二十首の中に既出されている。

＊

私の、〈旅の歌集〉の構想は、田井安曇氏の「綱手」歌会に入会した二〇〇六年頃からのものである。会誌の『綱手』に長い歌を載せてくれる枠があったことから、一部分そちらで評をしてもらったりしていた。

歌会「玲瓏」へ入会したのは、『玲瓏』誌八〇号（二〇一一年）からで、八八号に「モロッコの歌」を載せ、その後旅の歌が多くなり、パキスタンからインドへと主題が移っていったようである。雑誌に載ったのは、旅の歌ばかりではなく、自分でははば広く、内容と形式の両面で短歌を試みていたのだと思う。

四・五年前から、歌の整理をしはじめたのは、もう旅にもあまり出なくなったからだろう。手書きの『雪蔵より』の素稿が完成し、そこに二〇一七年五月二十三日と日付が残っている。今から三年ほど前のことである。

この稿の印字を、友人の川和豊子さんが引きうけて下さった。何度でも書き直してよい、と言う言葉を支援に、『雪蔵より』は八度の改稿、同時進行の『バルカン半島より』は七度の改稿を重ねた。三年越しの大仕事を一緒にやり遂げてくれたこと、心から感謝しています。

やっと、この八月（二〇一九年）に原稿を出版社へととどけることができ、来年一月末頃の刊行見通しを立ててもらっている。（現在進行中。）

出版社の短歌研究社を版元として選んで下さったのは、歌会「玲瓏」の会誌『玲瓏』編集人、塚本青史氏である。歌集出版に関るその後の諸々についても、同氏のお力添えをいただくことになった。この場で厚く御礼申し上げます。

また、短歌研究社編集部の菊池洋美様には、二冊の歌集全般にわたり校閲をしてもらい、誤字・誤用、不統一など細部の指摘をしていただいた。ここに記して、感謝いたします。

二〇一九年十一月　中旬

著者略歴

本名　山本茂男（やまもとしげお）

一九三六年生れ。

一九六一年三月、青山学院大学第二文学部英米文学科卒業。

同年四月、出版社株式会社大修館書店に入社。月刊誌『言語』をはじめ、言語学および関連図書の企画・編集に携わる。

一九九二年五月、同社を退社。

歌会「玲瓏」会員。

雪蔵（せつぞう）より

二〇二〇年一月二十日　初版発行

著　者　やま　たいち

発行者　國兼秀二

発行所　株式会社短歌研究社

〒112-8652　東京都文京区音羽一-一七-一四　音羽ＹＫビル

電話　〇三-三九四四-四八二二

振替　〇〇一九〇-九-二四三七五

印刷・製本　大日本印刷株式会社

ISBN978-4-86272-636-0 C0092 ¥1700E